AU ROI.

PAR HENRI SAINT-SIMON.

DU SYSTÊME

INDUSTRIEL.

(DEUXIÈME PARTIE.)

—◆—

AU ROI.

———

PREMIERE ADRESSE.

———

Dieu a dit : « Aimez-vous et secourez-vous
les uns les autres. »

A PARIS,

Chez l'Auteur, rue de Richelieu, n°. 34,
Et chez les Marchands de Nouveautés.

1821.

DU SYSTÈME

INDUSTRIEL.

(DEUXIÈME PARTIE.)

AU ROI.

SIRE,

LA marche des événemens aggrave de plus en plus la crise dans laquelle se trouve la société, non-seulement en France, mais dans toute la grande nation formée par les différens peuples occidentaux de l'Europe. Le besoin de terminer cette crise, d'arriver enfin à un état de calme et de stabilité, devient chaque jour plus imminent; il est senti de plus en plus profondément par tous les hommes honnêtes, quelle que soit d'ailleurs leur manière de voir. Malheureusement, ni les Peuples, ni les Rois, ne suivent une direction qui puisse faire atteindre ce but. La conduite des uns et celle des autres sont à peu près également vicieuses, chacune à sa manière.

Les Peuples ne se montrent animés que d'un désir vague et indéterminé d'amélioration, sans aucune opinion positive et arrêtée sur la nature des perfectionnemens à introduire, non plus que sur les moyens de les opérer. Le seul point sur lequel leurs idées soient nettement et uniformément prononcées, c'est l'abolition entière et irrévocable de l'ancien système politique. En un mot, l'opinion des peuples n'a encore qu'un caractère essentiellement critique, et par conséquent révolutionnaire.

D'un autre côté, les Rois, épouvantés d'une crise qu'ils n'envisagent que comme tendant à détruire, sans apercevoir plus clairement que leurs peuples, ce qu'elle tend à organiser, sont naturellement poussés à employer toute leurs forces pour arrêter le mouvement de la civilisation, et même, autant que possible, pour le faire rétrograder. C'est là, en effet, le but vers lequel est évidemment dirigée toute leur politique, tant européenne que nationale.

Ainsi l'opinion des Rois n'est pas plus saine que celle des peuples : elle contient tout autant d'élémens de désordre ; elle contribue aussi fortement à la prolongation de la crise. Ce n'est donc, ni en contraignant les rois à adopter l'opinion des peuples, ni en forçant les peuples à se ranger à l'opinion des rois, qu'on peut rétablir un calme durable. C'est uniquement en convertissant les rois et les peuples à une opinion nouvelle, vraiment conciliatrice. Quelle doit être cette opinion ? Telle est aujourd'hui la question la plus importante, celle dont la solution est le plus impatiemment attendue par tous les bons esprits. J'ose avouer, Sire, que je crois l'avoir trouvée.

Le véritable caractère de l'époque actuelle se prononce tous les jours davantage.

Il n'est plus possible de méconnaître que la crise éprouvée par tous les peuples de l'Europe occidentale, consiste dans la tendance commune de ces diverses nations vers l'établissement d'un nouveau systême de société. Par la nature des choses, l'unique moyen de terminer cette crise, est évidemment de travailler, d'un commun accord, à constituer le systême politique dont l'état actuel de la civilisation commande, avec une force irrésistible, l'immédiate organisation, puisque, par cela même, ce systême est indubitablement le seul qui puisse acquérir de la solidité. Or, je ne crains pas de l'avancer hardiment, pour quiconque a observé avec attention la marche de la civilisation, il est pleinement démontré que le système vers lequel l'espèce humaine a toujours tendu jusqu'à ce jour dans l'Europe occidentale ; celui qui doit aujourd'hui remplacer le régime féodal et théologique, est le système industriel et scientifique ; c'est-à-dire, celui qui établira un nouveau pouvoir temporel placé entre les mains des chefs des travaux de culture, de fabrication et de commerce, et un nouveau pouvoir spirituel confié aux savans positifs. Les élémens de ce système sont arrivés à leur entier développement, puisque les industriels possèdent aujourd'hui toutes les forces temporelles de la société, et les savans toutes les forces spirituelles. La seule condition qui reste à remplir, pour que ces deux élémens politiques se combinent, et que le nouveau système commence à s'établir, c'est la proclamation et la reconnaissance générale de ce grand fait, résultat final de tous les progrès de la civilisation ; en un mot, la formation d'une opinion industrielle et scientifique. Cette opinion une fois formée et admise, l'établissement du nouveau système serait en pleine activité, et s'effectuerait paisiblement et par degrés, selon le cours naturel des choses. La révolution française, et même la révolution européenne, seraient, dès ce moment, terminées, comme crises, et se réduiraient à un simple mouvement moral.

La prolongation de la crise ne tient en effet qu'à ce que cette opinion n'est point encore devenue dominante, à ce qu'elle reste concentrée dans l'esprit d'un très-petit nombre de penseurs; car l'ignorance et l'incertitude où sont les Peuples et les Rois du véritable caractère du systême qui tend à s'établir, est la source première de leurs erreurs et de leurs fautes respectives; c'est là ce qui maintient les uns et les autres dans une direction vicieuse.

Aussitôt que les peuples sentiront clairement qu'il s'agit maintenant d'établir le régime industriel et scientifique, ils reconnaîtront immédiatement que l'ancien systême est aujourd'hui assez modifié pour permettre de travailler directement à la constitution graduelle et paisible du systême nouveau. Leur activité cessera donc de se porter sur la critique, pour se concentrer toute entière sur l'organisation; ils quitteront par conséquent le caractère révolutionnaire.

De même aussitôt que les Rois, au lieu de contempler, dans un vague effrayant, l'ordre de choses qui tend à se constituer, s'en seront formé une idée juste et précise, ils reconnaîtront aisément que l'existence de la royauté, loin d'être compromise par l'élan actuel de la civilisation, tend au contraire à se consolider, en s'incorporant au nouveau système ; ils sentiront du reste, avec la même facilité, combien il serait absurde et chimérique de prétendre empêcher la formation d'un régime qui s'appuie, non sur les intérêts d'une faction, mais sur tout ce qu'il y a de forces réelles dans la société, au temporel et au spirituel. Ils renonceront donc, de leur côté, au caractère rétrograde, pour se placer à la tête du grand mouvement d'organisation.

L'opinion que le pouvoir temporel doit passer aujourd'hui entre les mains des industriels, et le pouvoir spirituel entre les mains des savans, est donc la seule qui puisse faire cesser la crise dans laquelle tout l'occident européen est engagé : elle est la seule qui puisse rétablir l'harmonie entre les Peuples et les Rois : elle est la seule enfin qui puisse anéantir l'influence malfaisante des diverses classes de factieux, influence fondée toute entière sur les idées vagues et erronées par lesquelles les Peuples et les Rois sont encore dominés.

Ainsi, le premier devoir de tous les bons esprits, de tous les vrais philantropes, est aujourd'hui de développer et de propager le plus possible l'opinion industrielle et scientifique. Leur but doit être, en un mot, de convertir les Peuples et les Rois à cette opinion. Telle est la tâche que je me suis imposée, et que je remplirai autant qu'il sera en moi, en combattant toutes les idées fausses qui éloignent encore les Peuples et les Rois de cette opinion.

C'est pour atteindre un tel but, Sire, que, dans la première partie de cet ouvrage, je me suis efforcé de convaincre Votre Majesté que la direction suivie par son ministère était absolument vicieuse, et qu'elle exposait aux plus grands dangers votre auguste Dynastie. Au lieu d'abandonner cette fausse route, le ministère s'enfonce chaque jour plus avant dans la voie de perdition. Une telle conduite m'impose le devoir de faire auprès de Votre Majesté de nouveaux et plus puissans efforts pour lui ouvrir les yeux sur la marche insensée que suivent ses ministres.

Par la série de leurs actes depuis l'ouver-

ture de la session actuelle, et notamment par
le projet de loi sur l'organisation municipale,
quant au temporel, et, par l'ordonnance sur
l'instruction publique, quant au spirituel, ils
ont manifesté la volonté formelle de rétablir
les classes féodale et théologique dans leur
ancienne domination. Une conduite aussi absurde compromet, de la manière la plus
grave et la plus imminente, les intérêts de la
royauté, et l'existence même de votre auguste
Dynastie. L'incapacité des conseillers de Votre
Majesté conspire contr'elle beaucoup plus efficacement que s'ils étaient stipendiés par ses
plus implacables ennemis. La faction qui mé-
dite un changement de dynastie est aux aguets;
elle n'attend qu'un acte marquant de folie de
la part du ministère pour tenter de diriger
contre les Bourbons l'indignation nationale
provoquée par l'ineptie ministérielle.

Dans des circonstances aussi pressantes,
et lorsque tout concourt auprès de Votre
Majesté pour lui cacher le véritable état
des choses, je dois, comme tout sujet vraiment fidèle, m'efforcer de nouveau de signaler au pouvoir royal les dangers que lui
prépare la marche suivie par le ministère, et
de lui présenter en même temps celle qui
devrait être suivie. Cet examen a d'autant

plus d'importance que de l'adoption d'une
saine politique en France, dépend nécessairement son adoption par les peuples et par les
Rois, dans tout le reste de l'Europe.

Sire, je ne crois pas avoir besoin d'excuser
la forme que je donne à cet exposé, quoiqu'encore inusitée parmi nous. Je ne cherche pas même à m'autoriser de l'exemple de
l'Angleterre, où le discours royal est toujours
librement discuté par les publicistes. Si j'ai
préféré cette forme à toute autre, c'est parce
qu'elle m'a paru la plus propre à fixer l'attention de Votre Majesté sur les considérations
que j'ai l'honneur de lui soumettre. Si j'eusse
connu une autre forme susceptible de faire
sur son esprit une impression plus profonde,
je l'aurais choisie sans hésiter. J'ai prouvé par
le fait, et tout récemment encore par la
première partie de cet ouvrage, que je n'étais
pas plus le flatteur des Peuples que celui des
Rois, qu'aucune intention hostile ne m'ani-
mait; et que j'étais mu par le seul désir de servir l'intérêt commun des Rois et des peuples,
ce qui oblige nécessairement à dire aux uns
et aux autres des vérités qui peuvent paraître
importunes ; je n'ai pas d'autre réponse à
faire à ceux qui seraient choqués de la liberté

que je prends d'examiner avec franchise le discours de Votre Majesté.

Ce n'est pas dans l'état imminent où se trouvent la France et l'Europe, qu'on peut attacher la moindre importance à de vaines lois d'étiquette. Tout ce qui peut entraver l'exposition de la pensée, et restreindre le libre examen de l'opinion des Rois comme de l'opinion des Peuples, est actuellement plus nuisible que jamais. Si les hommes qui prétendent aujourd'hui étouffer toutes discussions, ont trouvé la solution du grand problème qui occupe tous les esprits en France, et même en Europe, qu'ils la produisent, et on les excusera. Mais si des faits malheureusement trop nombreux et trop évidens constatent leur incapacité absolue à faire une découverte si ardemment désirée par les Rois et par les Peuples, qu'ils se tiennent à l'écart, et qu'ils aient du moins le mérite de n'en point empêcher la recherche ou la propagation. L'incapacité est un crime aujourd'hui dans ceux qui consentent à se charger de conseiller les Rois et de diriger les Peuples : mais quand l'ineptie veut de plus s'arroger le monopole de la pensée, on ne sait comment qualifier une telle monstruosité.

Le discours royal, envisagé dans son ensemble, annonce évidemment le dessein formel de s'écarter plus que jamais du seul plan de conduite qui puisse terminer la révolution, c'est-à-dire, du plan qui tendrait à lier la cause royale à celle des industriels et des savans; il annonce l'intention de faire, au contraire, cause commune avec les débris de la féodalité et de la théologie. Sous ce rapport, ce discours a été, pour ainsi dire, examiné d'avance dans la première partie de cet ouvrage. Je ne dois donc m'occuper ici que de la discussion des points principaux du discours, considérés séparément.

1°. Votre Majesté a commencé son discours, en se félicitant de la naissance de monseigneur le duc de Bordeaux. « Le deuil était » dans ma maison » a-t-elle dit »; un fils a » été accordé à mes ardentes prières; la » France, après avoir mêlé ses larmes aux » miennes, a partagé ma joie et ma reconnaissance avec des transports que j'ai vivement ressentis. »

Qu'il me soit permis, Sire, dans l'intérêt de votre auguste dynastie, de soumettre à Votre Majesté, sur ce premier passage, une simple observation.

L'assassinat de monseigneur le duc de Berry a fait éprouver un vif sentiment d'horreur à tous les cœurs français. Tous ont également été sensibles à la joie que l'heureuse délivrance de son auguste veuve a répandue dans votre maison. Mais il serait triste que des flatteurs eussent assez dénaturé ces deux faits, pour les présenter à Votre Majesté comme la preuve d'un grand attachement de la nation à votre dynastie. Il importe de ne point se faire illusion à cet égard.

La marche rétrograde plus ou moins prononcée, suivie depuis la restauration par les ministres de Votre Majesté, a malheureusement donné lieu à la faction ennemie des Bourbons d'exercer sur l'opinion nationale une extrême influence, ainsi que j'ai eu l'honneur de l'exposer à Votre Majesté dans la première partie de cet Ouvrage. Si cela n'était point, le ministère serait bien coupable de s'être fait investir par les Chambres de pouvoirs extraordinaires, afin de combattre une faction qui, dans une telle hypothèse, n'aurait eu aucune force réelle. L'influence de cette faction, bien loin de diminuer, a été, au contraire, en augmentant, et augmente tous les jours, parce que le ministère l'a de plus en plus alimentée, en se prononçant

chaque

chaque jour davantage dans la direction rétrograde.

Mais, indépendamment de toute opinion, et
même malgré les opinions les plus enracinées,
l'homme compâtit aux douleurs et aux joies
de ses semblables , par un sentiment tellement naturel, qu'il a fréquemment pour objets des êtres purement imaginaires. Grâces
à l'état très-avancé de la civilisation et à la
douceur des mœurs, qui en est une heureuse
conséquence , ce sentiment est aujourd'hui
très-général et très-actif. C'est uniquement à
lui qu'il faut rapporter les émotions d'horreur et d'allégresse qui ont tour à tour agité
la France , à l'occasion des événemens qui
ont successivement porté le deuil et la con-
solation dans votre maison. Ces émotions,
en un mot, quoique très-vives, ont été d'une
nature purement morale ; elles n'ont eu, dans
la très-grande majorité de la nation, aucun
caractère politique.

On concevrait même difficilement que les
partisans les plus zélés de la dynastie des
Bourbons eussent pu attacher, en réalité, à
la naissance de monseigneur le duc de Bordeaux aucune importance politique, puisque, vu la nombreuse postérité de monseigneur le duc d'Orléans, la dynastie n'était,

B

en aucun cas, menacée d'extinction. Des hommes qui emploient tous leurs efforts à faire méconnaître à Votre Majesté le véritable état des choses, afin de la déterminer à favoriser leurs plans désastreux, ont entrepris de l'abuser sur ce fait par un vain simulacre de souscription nationale pour l'achat du domaine de Chambord. Mais leur maladroite conduite n'a fait que rappeler involontairement aux observateurs impartiaux l'ignoble souvenir des jongleries si souvent pratiquées par les adulateurs de Bonaparte.

2°. Après le passage qui est le sujet des réflexions précédentes, Votre Majesté a exprimé sa satisfaction sur l'heureux état de nos relations extérieures. Elle s'est félicitée de ce que le Gouvernement français fait partie de la Sainte-Alliance.

Je ne rechercherai point ici jusqu'à quel point cette participation peut paraître honorable et utile, dans un moment où la Sainte-Alliance déploie, à main armée, un caractère évidemment rétrograde. La discussion de la politique générale adoptée par la Sainte-Alliance est d'une telle importance, que je dois la réserver pour un travail spécial. J'examinerai si la Sainte-Alliance a le droit de trouver mauvais qu'un peuple abolisse chez lui

l'ancien système politique, quand elle-même
a porté au comble la désorganisation de ce
système, en donnant, par le fait seul de son
existence, le monstrueux exemple d'un conseil européen suprême, dans lequel le pouvoir spirituel n'a pas une seule voix, même
consultative. Je montrerai que ce qu'il y a
de justement répréhensible dans la manière
dont se sont effectuées les dernières révolutions, tient nécessairement à l'absence de
tout pouvoir spirituel organisé, l'ancien
n'ayant plus aucune influence, et celui qui
doit lui succéder n'étant point encore constitué; que, par conséquent, c'est là un inconvénient inévitable, inhérent à l'état actuel des choses, et contre lequel il est aussi
absurde qu'injuste de vouloir lutter par la
force des armes. Je ferai voir, enfin, quant
au dernier et principal motif réel allégué par
la Sainte-Alliance, savoir, l'influence que
peut exercer l'exemple de la révolution de
Naples pour détruire dans l'Italie la domination absolue de l'empereur d'Autriche,
que rien ne peut maintenir, d'une manière
durable, une domination aussi contraire à
la nature des choses, et que l'attaque tentée
par l'Empereur d'Autriche contre le peuple
Napolitain, tend à précipiter la chûte de cette

domination, bien loin de pouvoir la retarder. Mais je dois me borner ici à indiquer ces principales considérations.

Quant à présent, je crois seulement devoir faire observer à Votre Majesté que l'attitude équivoque de ses agens diplomatiques, dans cette importante circonstance, n'est nullement en harmonie avec l'opinion nationale, qui, dans cette occasion, est parfaitement conforme à celle de tous les hommes éclairés. Non, le Peuple Français n'est pas neutre entre les soldats de l'Empereur d'Autriche et la nation napolitaine. Quel que soit le plan de politique extérieure adopté par Votre Majesté, elle doit se glorifier, comme chef de la nation, qu'un tel sentiment de neutralité n'y existe point, car il aurait flétri le caractère national.

3°. J'oserai maintenant appeler l'attention de Votre Majesté sur le passage suivant :

« Je ne tairai pas, dans cette communica-
» tion solennelle avec mon peuple, les faits
» graves qui, durant le cours de l'année,
» ont affligé mon cœur; heureux, cependant,
» de pouvoir dire que si l'État et ma fa-
» mille ont été menacés par un complot,
» trop voisin des désordres qui l'avaient
» précédé, il a été manifeste que la nation

» Française, fidèle à son Roi, s'indigne à la
» seule pensée de se voir arrachée à son scep-
» tre paternel, et de devenir le jouet d'un
» reste d'esprit perturbateur qu'elle a hau-
» tement détesté. »

Sire, Votre Majesté a pris une sage résolution, aussi conforme aux intérêts de la nation, qu'aux siens propres, et dont tous les
amis éclairés de la cause populaire lui ont su
gré, quand elle s'est proposé de terrasser
la faction ennemie des Bourbons. Malheureusement, le ministère qui s'est chargé
d'accomplir cette tâche importante, a montré la plus étrange incapacité, en s'accolant
à la faction des ci-devant privilégiés, au lieu
de prendre pour appuis les industriels et les
savans Il devait résulter et il est résulté de
cette grande faute, que le but indiqué par
Votre Majesté à ses ministres a été complètement manqué par eux, et que votre auguste dynastie se trouve plus que jamais en
péril.

Pour anéantir l'influence de la faction dirigée par la noblesse de Bonaparte, le ministère a cru devoir s'armer d'un grand pouvoir extraordinaire ; et il s'en est fait investir
dans la session dernière par les trois lois
d'exception sur les élections, sur la liberté

de la presse, et sur la liberté individuelle. Avec de tels moyens, qui équivalent à une dictature absolue, il faudrait une incroyable ineptie dans la manière de les employer, pour ne pas réussir. C'est néanmoins ce qui est arrivé.

Le ministère n'a pas cru pouvoir mieux combattre la féodalité de Bonaparte, qu'en faisant entièrement cause commune avec la noblesse et le clergé, et il s'est constitué le champion des débris de l'ancien systême politique. Il a employé son influence suprême sur les élections à faire composer la majorité de la Chambre dite des communes, de membres ou servans de l'ancienne féodalité. Il a usé de la direction des journaux, qui lui était tout-à-fait abandonnée, pour assurer aux organes de cette faction une pleine liberté, et même une scandaleuse licence, à l'abri de toute contradiction. Sa conduite sous ce rapport, restera gravée dans la mémoire des hommes, comme un modèle parfait de la manière dont on peut s'attirer tout à la fois la haine, le mépris, et le ridicule, ce qui, jusqu'à présent, avait paru impossible.

Depuis l'ouverture de la session actuelle, le ministère a toujours persisté dans la même

direction. Il a déjà présenté , dans l'intérêt
de la faction féodale et théologique , un projet de loi sur les municipalités, et fait rendre
une ordonnance sur l'instruction publique ,
dont il sera question en peu de mots à la fin
de cet écrit. Enfin, pour compléter , sans
doute, son systême de mesures préparatoires
en faveur de la même faction, il s'efforce
dans ce moment de lui faire obtenir le monopole de la tribune.

Où tend une telle conduite? Quels intérêts
sert-elle , en réalité? On ne peut se le dissimuler, ce sont uniquement et directement
ceux de la féodalité de Bonaparte, de cette
faction que le ministère avait été chargé d'a-
néantir.

Il est d'abord très-évident qu'un plan de
conduite qui non-seulement tend à arrêter
la civilisation, dans son élan actuel, mais
encore à la faire rétrograder, n'est pas et ne
peut pas être dans l'intérêt de la nation. Si
un projet aussi absurde pouvait se réaliser
pendant quelques instans, l'ordre de choses
qui en résulterait serait très-inférieur à celui
qui existait avant 1789, et sous le rapport de
la liberté , et sous le rapport de la quantité
d'impôts , et sous le rapport de l'emploi utile
des deniers publics.

En second lieu, ce plan de conduite est au moins aussi opposé aux intérêts de la maison de Bourbon, qu'à ceux de la nation. Il l'est même beaucoup plus, car, si par son absurdité même, il ne peut avoir pour la nation aucun inconvénient réel et durable, il expose, au contraire, la maison de Bourbon aux plus grands et aux plus pressans dangers. La nation Française a juré, en 1789, de secouer pour jamais le joug des castes féodales et théologiques. Cette résolution, bien loin de s'affaiblir depuis cette époque, a pris des racines de plus en plus profondes ; elle est devenue la première pensée de la génération actuelle. Elle prend aujourd'hui de plus en plus d'énergie, en proportion des efforts tentés par les ex-privilégiés pour rétablir leur domination. Le ministère, en se plaçant à leur tête, tend à envelopper la dynastie des Bourbons dans l'anathême que la nation a prononcé contre cette poignée de factieux.

Enfin, ce n'est pas même l'intérêt réel des privilégiés que le plan de conduite adopté par le ministère peut efficacement servir. Pour vouloir leur faire tout recouvrer, il les empêchera de rien obtenir, et peut-être les exposera-t-il à de nouveaux malheurs.

Si, par respect pour les affections privées

de votre auguste dynastie, le ministère désire véritablement être utile aux débris de la féodalité et de la théologie, au lieu de se laisser guider par leurs aveugles prétentions, qu'il les tienne en tutelle, qu'il les préserve des effets de leur propre fureur. Que le ministère adopte avec franchise et loyauté le seul plan de conduite qui puisse obtenir un succès constant et réunir l'assentiment de la nation, celui que j'ai eu l'honneur d'exposer à Votre Majesté dans la première partie de cet ouvrage ; et qui consiste à lier d'une manière formelle et irrévocable, la cause royale à celle des industriels et des savans ; j'ose affirmer qu'alors il obtiendrait facilement de l'industrie, une indemnité suffisante pour satisfaire les désirs raisonnables des ci-devant privilégiés. Car, la nation n'a d'aversion pour eux qu'autant qu'ils veulent présider à la conduite des affaires publiques : quand ils se renfermeront dans la nullité politique à laquelle la marche de la civilisation les a condamnés depuis long-temps, la générosité nationale s'empressera de les dédommager. Au contraire, si le ministère s'obstine à suivre le plan de conduite qu'il a adopté, la simple proposition d'une indemnité en faveur des émigrés, suffirait peut-être pour

déterminer en France, une explosion générale, dans laquelle ils éprouveraient, vrai-
semblablement , de nouveaux désastres,
parce que la nation ne verrait aujourd'hui
dans un tel acte qu'un premier pas vers la
restitution de leurs biens et le rétablissement
de leurs priviléges.

Ainsi, la conduite du ministère n'est, en réalité, ni dans l'intérêt de la nation, ni dans
l'intérêt de la maison de Bourbon, ni dans
l'intérêt des prévilégiés eux-mêmes. On est
donc inévitablement forcé de conclure, par
voie d'exclusion, que c'est pour la féodalité
de Bonaparte que les ministres travaillent,
certes sans le vouloir.

C'est, en effet, ce dont il est aisé de se
convaincre directement.

Toute la force de la faction, dirigée par la
noblesse de Bonaparte, repose, en dernière
analyse, sur sa popularité. Privée de cet ali-
ment, et réduite à elle-même, elle est im-
puissante, et ne doit, en aucune manière,
exciter l'inquiétude de Votre Majesté. Mais
aussi c'est sur ce terrain seul qu'il faut l'at-
taquer, si l'on veut la frapper à mort ; tout
autre moyen est absolument illusoire. Or,
rien n'était plus facile pour un ministère qui
n'eût pas été totalement incapable, que de dé-

truire cette popularité, tandis que la conduite tenue par le ministère actuel n'a abouti qu'à l'augmenter.

La popularité de cette faction est, en partie, négative, et en partie, positive. Elle est négative, en tant qu'elle repose sur les fautes commises par le gouvernement, qui tendent à répandre et à fortifier dans la nation l'opinion de la nécessité d'un changement de dynastie. Elle est positive, dans ce sens que, sans parler des souvenirs de gloire militaire dont cette faction sait si habilement tirer parti, son dogme fondamental, celui qui lui sert de leurre, est le dogme de l'égale admissibilité à toutes les places, qui, éloignant dans les individus le désir de la suppression des abus, attire chacun d'eux par la perspective d'en exploiter quelqu'un à son profit.

Si l'on envisage, sous ces deux rapports, la conduite qu'aurait pu tenir le ministère, qu'il peut tenir de ce moment, pour enlever la popularité à la faction dirigée par la noblesse de Bonaparte, qu'on la compare à celle qu'il a tenue, et qu'il tient encore, on ne peut s'empêcher de déplorer le sort de la maison de Bourbon et celui de la nation française, qui voient perdre, ou, du moins, retarder, par une incapacité ministérielle dont il y a peu d'exemples, un avantage qu'il était si facile d'obtenir immédiatement.

En effet, il est évident, quant à la première espèce de popularité, celle que j'ai nommée négative, que le ministère, loin de la détruire, l'a fortifiée de tout son pouvoir, en se faisant le chevalier des anciens nobles et des tonsurés, et qu'au contraire, s'il s'était décidé à allier la royauté avec les industriels et les savans, il aurait enlevé cette ressource à la faction ennemie des Bourbons. Cette alliance de la cause royale avec la cause industrielle et scientifique, était encore, sans aucun doute, le meilleur moyen, on peut même dire le seul, d'anéantir la seconde espèce de popularité. Car, la suppression des abus est, incontestablement, beaucoup plus populaire que l'égale participation aux abus, puisque tous les individus profitent de la première, tandis que la seconde né peut être, en définitif, utile qu'à un très-petit nombre. Une vérité aussi palpable eût bien pu néanmoins, à cause des préjugés existans, n'être pas d'abord comprise par la majorité de l'industrie ; mais elle l'eût été certainement par les savans et par les industriels les plus éclairés dont l'influence continuelle l'aurait bientôt vulgarisée. Au lieu de cela, le ministère, en se mettant à la tête d'une faction, dont le mot sacramentel est l'hérédité des droits et des places, s'est étourdiment constitué en opposition absolue avec le dogme de l'égale admissibilité; et, par une réaction inévitable, cette conduite a fortifié d'autant la popularité que la noblesse de Bonaparte tire de ce dogme.

Ce n'est donc point, Sire, un simple mouvement d'indignation qui plus haut m'a fait dire à Votre Majesté que si son ministère eût été soudoyé par les ennemis des Bourbons, il n'eût pas pu agir en leur faveur plus efficacement qu'il ne l'a fait avec l'intention réelle et loyale de déjouer leurs projets. Cette expression se trouve n'être que celle de l'exacte vérité.

Mais peut-être le ministère a-t-il pensé qu'il pourrait soutenir envers et contre tous son plan insensé de rétrogradation, et faire échouer les tentatives que ce plan pourrait provoquer contre la dynastie des Bourbons, avec l'appui de l'armée, dans laquelle il paraît avoir une grande confiance. Peut-être a-t-il pensé qu'étant sûr des soldats, il n'avait pas besoin de s'inquiéter si sa politique conviendrait ou non à la nation. Il est aisé de réfuter en peu de mots une opinion aussi fausse sous tous les rapports qu'insultante pour le Peuple français, et injurieuse pour Votre Majesté, auprès de laquelle, sans doute, le ministère s'est bien gardé de faire valoir un tel moyen.

Je ne m'arrêterai point à prouver que les armées sont impuissantes contre les nations, au moins pour un temps durable ; ou, en d'autres termes, que les bayonnettes n'ont aucune force contre les opinions ; ce qui est aujourd'hui d'une parfaite évidence. Je ferai seulement observer au ministère, que deux puissans motifs, d'une autre nature, lui défendent de compter solidement sur un tel appui.

En premier lieu, il suffit de nommer le dangereux exemple des révolutions récemment effectuées par des armées soldées, pour en faire apprécier toute la force. La révolution qui vient d'être opérée, ces jours derniers, de la même manière, dans un pays limitrophe à la partie de la France la plus susceptible d'exaltation, rend ce danger d'une gravité effrayante.

En second lieu, l'intérêt particulier de l'armée la met évidemment en opposition naturelle avec le plan de conduite adopté

par le ministère, et la pousse, au contraire,
vers la faction dirigée par la noblesse de
Bonaparte ; car c'est sur les soldats que le
dogme de l'égale admissibilité aux grades,
exerce la plus grande et la plus pernicieuse
influence ; ils ont en horreur le principe de
l'hérédité des emplois.

Si l'on pèse ces différens motifs, sur lesquels il serait superflu d'insister, on réduira
à sa juste valeur la confiance que le ministère fonde sur l'armée. Il juge les dispositions des soldats et des officiers subalternes
par celles des colonels, des généraux et des
maréchaux, quoique les unes et les autres
soient presque absolument opposées.

Je ne crois pas avoir besoin de témoigner
ici mon aversion pour les dispositions que
je ne fais que signaler, d'après des considérations qui me paraissent mériter d'être sé-
rieusement examinées par le ministère, s'il
veut remplir l'attente de tous les hommes
de bien, en même temps que celle du Roi.
J'ai déjà exprimé, depuis long-temps, mon
opinion arrêtée sur l'intervention des militaires dans les affaires civiles. Je pense que,
si on peut me reprocher quelque sentiment
erroné, ce n'est pas du moins celui d'une

prédilection quelconque pour l'action militaire.

En dernière analyse, la tâche que Votre Majesté a imposée à ses ministres, autant dans l'intérêt de la Nation que dans celui de sa couronne, d'anéantir l'influence de la faction ennemie des Bourbons, a été confiée à des mains incapables; elle est fort loin d'être accomplie; et, tout au contraire, le mal est devenu de plus en plus grave. Il augmentera chaque jour, tant que le ministère persistera dans le plan de conduite radicalement vicieux qu'il a choisi. Pour détruire une faction dont l'empire est fondé sur la popularité, il faut se rendre plus populaire qu'elle; c'est la condition *sine quà non*. Le seul moyen d'y parvenir, et il était très-simple, consistait à adopter l'opinion industrielle, à marcher d'après elle. Au lieu de suivre un plan si bien dicté par la nature même des choses, le ministère a cru devoir se mettre à la tête d'une opinion moins populaire que celle qu'il voulait combattre, ou plutôt absolument impopulaire, et frappée depuis long-temps de la réprobation universelle. Par-là, malgré les pouvoirs immenses dont il s'était investi, il a fortifié considérablement l'influence de la faction qu'il croyait éteindre.

Votre

Votre Majesté a pu constater ce résultat en jetant un coup-d'œil observateur sur les débats de la chambre des communes dans la session actuelle.

La faction dirigée par la noblesse de Bonaparte a provoqué les discussions les plus audacieuses. Quelle a été, dans ces occasions, l'attitude des ministres de Votre Majesté, et notamment dans la séance caractéristique du 7 février, où les deux partis opposés ont pleinemsnt donné à entendre leurs intentions? Malgré tous les avantages de position, cette attitude a été molle et sans vigueur, auprès de celle de la faction ennemie des Bourbons. Les spectateurs impartiaux et éclairés ont pu y reconnaître le cachet d'une opinion populaire combattue avec une opinion impopulaire, et avec le sentiment de son impopularité. Le discours de M. le garde des sceaux a été certainement très-remarquable : il a dévoilé avec énergie le but de la faction ; mais, quand il s'est agi de lutter contre ses moyens de popularité, il a évidemment échoué, parce qu'il était dans une fausse position, en ne paraissant dans la lice qu'en qualité de champion des gentilshommes et des tonsurés. Si, au contraire, M. le garde des sceaux avait été armé de l'opinion indus-

C

trielle, avec quelle facilité son éloquence n'eût-elle pas pulvérisé tout ce vain étalage de la gloire militaire acquise sous la domination de Bonaparte, et ces déclamations sur l'égale admissibilité à l'exercice du pouvoir! Le spectacle offert dans cette séance mérite d'être médité. Pour quiconque veut approfondir les réflexions auxquelles il donne lieu, ainsi que celles que font naître également plusieurs autres séances plus ou moins marquantes, il devient parfaitement évident que l'opinion industrielle peut seule lutter avec avantage contre l'opinion Bonapartiste.

Sire, en résumant cet examen, qui m'a semblé nécessiter, par son importance, quelque développement, je crois devoir conjurer Votre Majesté, dans l'intérêt immédiat de son auguste maison, et dans l'intérêt non moins réel de la nation française, d'ordonner à son ministère qu'il renonce au plan de conduite absurde et désastreux que, dans son incapacité, il a cru devoir préférer, pour adopter enfin le seul plan qui puisse détruire la fatale influence de la faction Bonapartiste, en plaçant la royauté à la tête de la cause industrielle et scientifique. Le succès de ce plan serait certain et immédiat, car l'influence de la faction ennemie des

Bourbons sur l'esprit national, quoique fort grande aujourd'hui, ne tient, en réalité, qu'à l'inactivité d'une opinion plus populaire que la sienne, l'opinion industrielle, et à la prépondérance dans le ministère d'une opinion absolument impopulaire. Le jour où Votre Majesté obligerait son ministère à marcher dans le sens industriel, en abandonnant la cause irrévocablement perdue des classes féodale et théologique, l'influence de l'opinion Bonapartiste se dissiperait à l'instant ; et Votre Majesté pourrait dire, à juste titre, que « la Nation française, fidèle à son » Roi, s'indigne à la seule pensée de se voir » arracher à son sceptre paternel. »

» 4°. Votre Majesté a annoncé ensuite, que » les économies qu'elle a prescrites, l'amé- » lioration des revenus de l'Etat, et la soli- » dité éprouvée du crédit, permettent de » proposer, dans cette session même, une » nouvelle diminution des impôts que sup- » portent directement les contribuables. Cet » allégement sera d'autant plus efficace, » a-t-elle ajouté, qu'il produira une répar- » tition plus égale des charges publiques. »

De quelle manière les ministres ont-ils réalisé ces promesses solennelles de Votre Majesté?

Pour entrer dans la route de l'économie, ils ont commencé par créer une foule de nouveaux chambellans, écuyers, gentils-hommes de la chambre, etc.; ils ont compliqué à plaisir l'état-major des principales administrations financières; ils se sont adjoint de nouveaux collègues, dont la seule fonction paraît être, jusqu'ici, de donner des gages du dévouement du ministère à la faction féodale et théologique. Pour alléger les contribuables, ils ont présenté un budjet plus monstrueux encore que ceux des années précédentes. Enfin, pour produire une répartition plus égale des charges publiques, ils ont imaginé, en faveur des propriétaires territoriaux, d'augmenter de plusieurs millions la masse des impôts indirects, qui retombent principalement sur le peuple.

Est-ce ainsi qu'on ose se jouer des intentions si formellement exprimées par Votre Majesté? Espère-t-on, par des impostures aussi grossières, faire prendre le change à une nation évidemment livrée au pillage le plus scandaleux?

Toutefois, l'indignation qu'inspire une conduite aussi visiblement entachée d'égoïsme et de mauvaise foi, ne doit point détourner l'attention de la cause réelle du mal, et du vrai moyen d'y porter remède. Avec les meilleures intentions, le ministère, par son incapacité, est hors d'état d'introduire dans les dépenses publiques un véritable esprit d'économie. Du reste, l'impartialité exige qu'on reconnaisse que ceux qui critiquent sa conduite, n'ont pas en général, sur cet article fondamental, des idées plus justes que les siennes.

Sire, ce n'est point par les détails, c'est par l'ensemble, qu'il faut chercher aujourd'hui à perfectionner le budget. Je suis persuadé que, si Votre Majesté commandait à son ministère d'opérer dans le budget une économie réelle de dix millions seulement, il ne saurait comment en venir à bout, et il la déclarerait peut-être impraticable; tandis qu'au contraire, si Votre Majesté lui enjoignait de présenter, pour l'année prochaine, un budget réduit de cent millions, sous peine d'être mis en accusation, il finirait par trouver les moyens de remplir cette condition. La raison en est simple : dans le premier cas, il ne chercherait que des économies partielles et isolées, à chacune desquelles autant de motifs également partiels et isolés s'opposeraient avec quelqu'apparence de justesse; au lieu que, dans le second cas, il serait

nécessairement forcé de porter son attention
sur l'ensemble du système administratif ; et
les moyens d'établir un régime économique
ne tarderaient pas à se présenter.

La monstruosité du budjet consiste moins
dans l'énormité des impôts, que dans le
mauvais emploi des deniers publics ; car la
véritable économie ne consiste pas à *peu*
dépenser, mais à *bien* dépenser. Une masse
d'impôts de 900 millions, sur laquelle il n'y
a pas 50 millions employés d'une manière
directement utile à la Nation ! En d'autres
termes, des frais de plus d'un louis, pour
administrer une valeur d'un petit écu ! Tel
est le vice radical de notre système financier :
voilà ce qui révolte le bon sens, ce qui constitue l'absurdité, et j'ose le dire, la profonde
immoralité du budjet. C'est sous ce point de
vue général, qu'il faut envisager une véritable réforme dans les finances ; toute tentative d'amélioration qui ne sera pas dirigée
vers ce but, sera nécessairement vaine et
insignifiante.

Sire, le désordre fondamental que je viens
de signaler et de caractériser dans le système
financier, tient, d'une manière directe et
nécessaire, au désordre plus général qui
existe dans le système politique, et qui con-

siste à faire gouverner les producteurs par les non-producteurs.

Tant que la direction des affaires publiques, c'est-à-dire, des affaires des industriels, des savans et des artistes, dont l'ensemble forme la Nation, sera confiée aux nobles, aux militaires, aux tonsurés, aux légistes et aux propriétaires oisifs, dont l'ensemble forme la grande association des frélons contre les abeilles, un budget vraiment économique sera de toute impossibilité ; car il résulte inévitablement d'un tel fait, que l'administration qui ne devrait jamais être qu'un moyen, devient le but du gouvernement, lequel n'est plus, à proprement parler, qu'une vaste coalition des oisifs pour vivre le plus grassement possible, aux dépens des producteurs.

Il est fort loin de ma pensée d'imaginer que chacun de ceux qui ont une part dans cette grande entreprise de pillage, sente l'immoralité radicale de l'état de choses dont il profite. Je suis, au contraire, persuadé que presque tous sont bien intentionnés, et qu'ils se figurent de très-bonne foi être fort utiles, et même absolument indispensables aux producteurs. Une telle illusion est dans la nature. Mais la force de leur situation les entraîne irrésistiblement, sans qu'ils s'en rendent compte, et malgré leurs intentions, dans la direction que j'ai indiquée. Le résultat est absolument le même pour les producteurs, que si les gouvernans eussent été conduits par le plus pur machiavélisme.

Un tel système administratif n'est évidemment susceptible d'économies qu'en tant qu'elles peuvent provenir de perfectionnemens introduits dans le mode d'assiette et de perception de l'impôt. Or, des économies de cette espèce ne sauraient avoir aujourd'hui qu'une importance infiniment secondaire. Bien que le taux des frais de perception puisse, sans doute, être encore réduit, il est certain que les plus grandes améliorations qu'on pouvait obtenir à cet égard sont effectuées.

Si je pouvais donner ici plus de développement à cette discussion, il me serait aisé de prouver, que, même sous ce rapport subalterne, la nature vicieuse du système politique actuel, s'oppose aux perfectionnemens les plus importans qui soient encore praticables ; car, une conséquence immédiate de ce système est de faire préférer les impôts indirects, c'est-à-dire, ceux dont la perception est la plus chère. Le ministère a donné, dans la session actuelle, une preuve signalée de cette prédilection, en reportant, de gaîté de cœur, sur la masse des contributions indirectes, 17 millions de la contribution foncière.

Non-seulement la nature du système politique en vigueur, ne compte aucune réduction de quelqu'importance dans la masse des dépenses publiques ; mais, en outre, tant que cette nature ne sera point changée, il est absolument impossible que le budget ne devienne de plus en plus onéreux. C'est ce qui me reste à expliquer.

La force réelle des producteurs étant aujourd'hui infiniment supérieure, sous tous les rapports physiques et moraux, à celle des non-producteurs, le plan de gaspillage établi par ceux-ci doit évidemment finir par succomber tôt ou tard sous les justes réclamations des premiers. La seule circonstance qui puisse retarder sa chûte et la seule qui la retarde en effet, c'est que les non-producteurs font corps entr'eux. Ils sont étroitement organisés, quant à leurs intérêts fondamentaux, par un lien intime, résultat inaperçu de ces mêmes intérêts. Leurs divisions sont plus apparentes que réelles, ou du moins, elles ne portent que sur la superficie des choses, et elles cessent aussitôt qu'il s'agit de résister aux producteurs.

Mais un tel avantage n'aurait absolument aucune valeur, si les producteurs le possédaient, de leur côté, même à un degré beaucoup moindre. De là, la nécessité, pour les gouvernans, d'empêcher ceux-ci de s'unir. Or, le seul moyen un peu efficace qu'ils emploient, et qu'ils puissent employer pour cela, est de substituer, dans le plus grand nombre d'individus possible, le désir de prendre part au gaspillage, à celui de le détruire. De là, par conséquent, l'obligation de rendre facile l'acquisition du pouvoir, de multiplier les places de plus en plus, dans l'intention de créer un plus grand nombre de fonctionnaires, afin de répandre et de fortifier dans la nation le goût de cette loterie. De là, enfin, par une nécessité inévitable, l'accroissement perpétuel des dépenses publiques, tant que le système politique actuel ne sera point radicalement changé.

C'est sur ce fonds honteux qu'ont vécu tous les gouvernemens qui se sont succédés en France, à partir du Directoire. Il ne faut pas se le dissimuler, Sire, c'est sur cette base aussi fragile qu'immorale, que le

ministère, se traînant dans une ignoble routine, a tenté d'asseoir, depuis la restauration,
l'existence de la maison de Bourbon, au lieu
de la placer noblement à la tête du parti
producteur, le seul moral, et le seul dont
la puissance ne soit pas factice. Quelque
prédilection que le ministère ait montrée,
depuis 1814, pour la classe particulière de
non-producteurs à laquelle il s'est dévoué
aujourd'hui, il n'en a pas moins fait supporter à la nation le poids de toutes les autres
classes de non-producteurs qui étaient parvenus à se faire héberger par elle sous les
différens gouvernemens antérieurs, et il n'en
a pas moins créé lui-même un nombre consi-
dérable de nouveaux parasites (1).

Il suit des observations précédentes, que,
par la nature du système politique actuel,
la masse des dépenses publiques, bien loin

_____

(1) Il est tellement vrai que, malgré l'affection exclusive du ministère pour une seule classe de non-producteurs, la nation continue toujours à porter deux
bâts; qu'à l'approche du danger, on voit le ministère
s'empresser, non de promettre aux producteurs de les
délivrer du gaspillage, mais de déclarer à ceux des
non-producteurs qu'il avait jusqu'alors paru négliger,
qu'il est loin de sa pensée de contester leurs droits à

de pouvoir diminuer , doit , au contraire , aller toujours croissant , tant que ce système subsistera. Le budjet n'est donc susceptible d'être réellement perfectionné , que par l'a- doption d'un nouveau système politique. C'est par là seulement, Sire , que V. M. peut réaliser le noble vœu qu'elle a si formellement exprimé dans son discours.

L'organisation du système industriel et scientifique , est le seul moyen d'établir un bon budjet. D'une part , en effet , ce sys- tême ayant pour but et pour résultat de don- ner la plus grande activité possible à toutes les entreprises de culture , de fabrication et de commerce , ainsi qu'aux travaux des sciences et des beaux - arts , les deniers pu- blics seront nécessairement employés de la manière la plus utile possible pour la nation. D'une autre part , les industriels possèdent seuls la capacité administrative proprement

vivre aux dépens de la nation. C'est ainsi que, tout récemment , le ministère , alarmé par la révolution du Piémont, s'est hâté de proposer , malgré sa tendresse pour l'ancienne noblesse , une loi destinée à garantir aux comtes et aux barons de Bonaparte , les revenus de leurs anciennes dotations. Seulement, ce revenu ne pouvant plus être levé sur les industriels allemands ou italiens , sera soldé par les industriels français.

dite , parce que seuls ils en font une application permanente , et à leurs risques per-
sonnels. Ainsi, quand le pouvoir temporel
leur sera confié , la seule impulsion de leurs
habitudes , éminemment économiques , les
portera nécessairement à réduire les frais
de gestion et d'administration au taux le
moins élevé possible. Par là , se trouveront
donc remplies les deux conditions fondamentales auxquelles doit satisfaire le budjet.

Tant que la société n'a qu'un but vague
et indécis. d'organisation , le système financier est forcément abusif , car on n'admi-
nistre alors que pour administrer, et de là le
vice radical que j'ai signalé dans le budget.
Mais aussitôt que l'association aura directement et uniquement pour objet de développer la plus grande action possible dans la
direction industrielle et scientifique, l'administration deviendra nécessairement économique ; car, avec un but aussi positif, il
devient tellement facile de distinguer les
fonctions utiles des fonctions inutiles, ou ,
en d'autres termes, celles qui concourent au
but proposé de celles qui n'y concourent pas,
que les *sine - cures* ne sauraient être à
craindre.

Si donc Votre Majesté veut réellement

établir un régime d'économie, comme il est impossible d'en douter, elle doit favoriser de toute sa puissance la constitution du système industriel et scientifique. Qui veut la fin, doit vouloir les moyens.

Aux considérations que je viens de soumettre à Votre Majesté, et que je regrette de ne pouvoir développer ici autant que l'exigerait leur importance, je dois ajouter l'indication d'un motif, d'une autre nature, mais qui n'en conduit pas moins à la même conclusion.

L'établissement d'un bon budjet est la seule question politique à laquelle le peuple prenne un intérêt réel. Le mode de répartition du pouvoir ne le touche en aucune manière, depuis qu'il a reconnu, par l'expérience, que sa participation au gouvernement n'avait nullement amélioré sa situation. Les discussions sur la liberté, qui agitent beaucoup la classe moyenne, sont devenues à peu près indifférentes à la classe inférieure, parce qu'elle sent très-bien que, dans l'état actuel de la civilisation, l'arbitraire ne peut jamais porter sur elle.

En un mot, les vœux du peuple sont : 1°. que l'impôt soit employé de manière à lui assurer du travail et de l'instruction, ses deux grands et constans besoins ; 2°. que les frais de gestion et d'administration soient le moins onéreux possible. Tous les débats politiques qui ne portent directement ni sur l'un ni sur l'autre de ces deux objets, sont insusceptibles de faire ur lui une impression profonde.

Or, il est très-digne d'observation, que la faction ennemie de votre auguste dynastie, tout en prenant le masque du libéralisme, pour se rendre maîtresse de l'opinion nationale, n'a nullement touché cette corde, la seule fortement populaire aujourd'hui. Il est facile de s'expliquer ce fait, sans y voir la preuve d'une faute de machiavélisme dans les élèves de Bonaparte. L'objet de leurs désirs étant la possession des abus, comment se seraient-ils engagés à en opérer la suppression, en mettant en avant, comme idée principale, le perfectionnement du budjet? Ils n'auraient pu le faire sans le dénaturer entièrement. On a bien la faculté d'exploiter adroitement une opinion libérale dont le caractère est vague, tout en étant dominé par les intentions les plus illibérales : mais si elle a un caractère positif, elle ne se laisse pas manier avec la même facilité ; et la pureté d'intention devient indispensable.

Que l'explication précédente soit juste ou non, toujours est-il certain, comme fait, que le plus grand moyen de popularité n'a pas été mis en jeu par la faction Bonapartiste, et que, par conséquent, le ministère peut s'en emparer en faveur de la royauté. La condition suffisante, mais indispensable pour cela, est l'adoption de l'opinion industrielle et scientifique, la seule qui puisse répondre aux vœux du peuple, ci-dessus énoncés.

Ainsi, l'adoption de cette opinion est un moyen infaillible de procurer immédiatement à la maison de Bourbon, une popularité infiniment supérieure à celle de ses ennemis (1), ce qui ferait cesser toutes ses inquiétudes. Mais le ministère fait un calcul d'une étrange ineptie, s'il espère devenir populaire, en se constituant le chevalier des gentilshommes et des tonsurés.

---

(1) On a pu mesurer la popularité de cette faction par l'inutilité des tentatives qu'elle a faites l'année dernière pour soulever le peuple, au nom de la Charte et de la loi des élections, d'où il est résulté la vérification évidente de ce fait remarquable; le peuple ne se sent aucunement intéressé dans une lutte qui ne porte, en dernière analyse, que sur le mode de répartition des pouvoirs existans.

» 5°.

5°. « Perfectionner le mouvement des grands
» corps politiques créés par la Charte , a dit
» ensuite Votre Majesté, mettre les différen-
» tes parties de l'administration en harmo-
» nie avec cette loi fondamentale, inspirer
» une confiance générale dans la stabilité du
» trône et dans l'inflexibilité des lois qui
» protégent les intérêts de tous ; tel est le
» but de mes efforts.

» Pour l'atteindre , deux conditions sont
» nécessaires, le temps et le repos. Nous ne
» devons pas demander à des institutions
» naissantes, ce qu'on ne peut attendre que
» de leur entier développement, et des mœurs
» qu'elles sont destinées à former. »

Sire , Votre Majesté , par l'établissement
de la Charte, a merité l'immortelle reconnaissance de la nation française et de toutes
les nations civilisées. Mais autant il serait
injuste de ne pas dignement apprécier un tel
bienfait, autant il est nuisible de s'en exa-
gérer l'importance , ou plutôt d'en méconnaître la véritable nature.

La Charte a placé la nation française dans
la vraie route du perfectionnement, dont
elle s'était constamment écartée depuis 1789.
En outre , elle a donné les moyens d'introduire paisiblement et légalement toutes les

D

améliorations qu'exige l'état présent de la civilisation. Enfin, elle a réformé l'ancien système politique aussi complètement qu'il est possible de le faire, jusqu'à ce que le nouveau système commence à se constituer. Mais c'est là que se borne son utilité..

Considérer la Charte comme étant elle-même ce système nouveau qui était, qui est encore à établir, et que la Charte est seulement destinée à préparer, me paraît, j'ose le dire, une erreur fondamentale, qu'il importe au plus haut degré de rectifier, afin qu'on ne s'habitue pas à regarder la grande question politique comme résolue, quand elle n'est pas même nettement posée, ce qui est le plus grand obstacle à l'établissement d'un ordre de choses stable en France, et en Europe. En un mot, la Charte n'est pas et ne saurait être une véritable constitution, dans l'acception philosophique de ce terme.

Cette assertion fondamentale sera le sujet d'un travail spécial que j'aurai l'honneur de soumettre plus tard à Votre Majesté. Je ne puis lui consacrer ici, comme aux autres questions que j'ai déjà examinées, qu'un développement peu proportionné à son extrême importance. J'espère néanmoins que les considérations ci-dessous indiquées, pourront éveiller l'attention de Votre Majesté sur cette donnée essentielle.

Sire, toute association d'hommes qui a un caractère déterminé, depuis la plus simple jusqu'à la plus composée, est nécessairement, ou militaire, ou industrielle, parce qu'il ne saurait exister de véritable association sans un but commun d'activité, et qu'il n'existe que deux buts d'activité possibles pour une collection d'hommes quelconque, comme pour un seul individu, savoir, ou la conquête ou le travail. Toute nation qui n'est pas nettement organisée pour l'un ou pour l'autre de ces deux buts, ne forme point une véritable association politique ; elle n'est qu'une aggrégation d'individus, qui n'a qu'un caractère bâtard.

Il n'y a donc que deux véritables constitutions possibles, répondant chacune à un but d'activité différent, la constitution militaire et la constitution industrielle, dont le choix est déterminé par l'état de la civilisation de chaque nation et de celles qui l'entourent. La Charte, qui n'est ni une constitution militaire, ni une constitution industrielle, parce qu'elle voudrait être à la fois l'une et l'autre, n'est donc pas une vraie constitution.

La raison indique et les faits confirment que la constitution militaire est celle du pre-

mier état de la civilisation. Elle correspond
nécessairement à l'état d'ignorance des lois
de la nature, d'où résulte le défaut de moyens
d'agir sur elle pour la modifier à l'avantage
de l'homme. Mais à mesure que ces lois se
dévoilent, et que cette action se développe,
la société marche peu-à-peu, à l'ombre de la
constitution militaire, qui se modifie graduel-
lement, vers la constitution industrielle, véritable destination finale de l'espèce humaine
civilisée.

Le moment où la constitution industrielle est mûre, peut être fixé avec une
certaine précision par cette double condition fondamentale : 1°. Que, dans la très-
grande majorité de la nation, les individus
soient engagés dans des associations industrielles plus ou moins nombreuses, et liées
entr'elles deux à deux, trois à trois, etc., par des
rapports industriels, ce qui permet d'en former un système général, en les dirigeant
vers un grand but industriel commun, pour
lequel elles se coordonnent d'elles-mêmes,
suivant leurs fonctions respectives ; 2°. Que
l'observation des lois de la nature soit en
pleine activité, relativement à tous les différens ordres de phénomènes qu'elle présente,
ce qui permet d'unir les connaissances scien-

tifiques particulières en systême général de l'étude de la nature , correspondant au systême général de l'action sur la nature. Quand une société en est à ce point, et qu'elle n'est pas entourée de nations purement militaires, elle touche à la constitution industrielle.

Telle est la marche générale de l'espèce humaine , réduite à son expression la plus simple , en ne tenant compte que des faits principaux , de ceux qui résultent de la nature même des choses, de laquelle , en dernière analyse, les lois politiques doivent dériver, tout aussi bien que les lois scientifiques, comme l'a si bien dit l'illustre Montesquieu.

SIRE , en comparant au type général dont je viens d'esquisser les grands traits , la marche effective de la société en France, jusqu'à l'époque présente , on voit que , depuis l'affranchissement des communes, et l'introduction de la culture des sciences d'observation en Europe , par les Arabes, elle a fait des progrès continus et toujours croissans vers le système industriel , et que le système militaire s'est désorganisé dans la même proportion. Enfin la France est arrivée aujourd'hui au point de devoir prendre la constitution industrielle : car les conditions fondamentales ci-dessus énoncées, sont aujourd'hui pleinement remplies.

En effet, 1°. sur trente millions de Français, il y a vingt-neuf millions et demi d'industriels, formant entre eux différentes associations suffisamment étendues, et suffisamment combinées entr'elles ; 2°. l'observation de la nature est en pleine activité dans toutes ses branches ; l'astronomie, la physique, la chimie et la physiologie qui est venue de nos jours couronner l'édifice scientifique. Enfin les nations qui entourent la France, sans avoir toutes satisfait au même degré qu'elle à ces deux grandes conditions, sont toutes néanmoins évidemment animées de la même tendance, elles sont dans la même période de leur civilisation.

Il résulte, Sire, des considérations précédemment énoncées, qu'il n'y a pas aujourd'hui en France, d'autre constitution possible, que la constitution industrielle. La Charte, qui évidemment n'est pas la constitution industrielle, ne peut donc passer pour une véritable constitution ; ou si l'on veut s'obstiner à lui donner ce titre, c'est une constitution qui ne peut acquérir de solidité, puisqu'elle n'est pas celle que l'état de la civilisation nous impose aujourd'hui.

Sire, une constitution réelle ne peut jamais être inventée, elle ne peut être qu'observée. Le véritable pouvoir constituant ne

peut être ni un Roi, ni une assemblée ; c'est
le philosophe (1) qui étudie la marche de la
civilisation, et qui résume toutes les observations en une loi générale, laquelle devient
principe constituant lorsqu'elle a été vérifiée
par la masse des hommes éclairés. En un
mot, la recherche des bases d'une constitution est, par sa nature, une fonction du

---

(1) On objectera peut-être, contre la conséquence
tirée de cette assertion, que ce philosophe peut se
trouver sur le trône, ou bien dans une assemblée législative. Je répondrai, quant au premier cas, que la
capacité philosophique pourrait, sans doute, se ren-
contrer sur le trône, comme ailleurs, mais qu'elle y
manquerait d'une éducation qui lui permît de recueil
lir les matériaux de ses observations, et d'une position sociale qui lui laissât la liberté de les coordonner,
Quant au second cas, j'ajouterai qu'un philosophe
peut certainement se trouver membre d'une assemblée
législative, comme de toute autre société ; mais que
cette qualité, bien loin d'être favorable à ses investi-
gations politiques, leur oppose, au contraire, un très-
grand obstacle, à moins qu'il ne joue dans l'assemblée aucun rôle actif, hypothèse qui détruirait l'objection proposée. Condorcet, qui fut, sans contredit,
le philosophe le plus capable de la dernière moitié du
dix-huitième siècle, fit plus de véritable politique après
sa proscription par la Convention, que lorsqu'il en
était membre influent.

pouvoir spirituel, qui ne peut, en aucune manière, être remplie par le pouvoir temporel.

On pourrait montrer, par l'histoire, que les choses se sont toujours passées effectivement de cette manière, jusqu'à présent, quoiqu'il n'ait encore été question que de modifications plus ou moins profondes à l'ordre primordial. A plus forte raison, doit-il en être ainsi, aujourd'hui qu'il s'agit d'une véritable constitution nouvelle.

Il n'est donc nullement étonnant que les prétendues constitutions inventées par les assemblées législatives de France, et l'imitation de l'une d'entr'elles en Espagne, n'aient effectivement rien *constitué*. Il est de même très-naturel que la Charte, quoique conçue dans un esprit beaucoup plus expérimental, et, par conséquent, beaucoup plus sage, ne puisse rien constituer non plus. Ce dont il faudrait s'étonner à très-juste titre, ce serait qu'il en fût autrement, car cela serait absolument contraire à la nature des choses.

Qu'est-ce donc que la Charte, puisqu'elle n'est point une véritable constitution définitive? C'est ce qu'il importe maintenant de préciser.

La Charte doit être envisagée comme une

heureuse modification de l'ancien système
politique, qui établit un ordre de choses provisoire et préparatoire, à l'abri duquel la société peut terminer paisiblement sa transition vers le système industriel et scientifique.

Quand le pouvoir royal et la nation auront
vu, d'un commun accord, l'établissement
de ce système comme étant le seul terme
possible de la révolution, la plus grande difficulté sera, sans doute, vaincue, car l'état
de crise cessera dès ce moment. Mais l'organisation du système n'en exigera pas moins
beaucoup de temps, car une telle entreprise
est lente, de sa nature, et à cause des travaux
théoriques qu'elle exige, et à cause du changement qu'elle réclame dans les habitudes
pratiques de presque toutes les classes, de
celles qui doivent monter comme de celles
qui doivent descendre. De là, l'indispensable nécessité de la Charte, qui permet de
travailler avec sécurité à la formation du
nouveau système, de la mettre graduelle-
ment en activité, suivant le cours naturel
des choses, et, par conséquent, de profiter
peu à peu des avantages que doit engendrer
ce système, avant même qu'il soit entièrement constitué.

De tels avantages sont certainement assez précieux pour mériter à la Charte et à son auguste fondateur l'attachement et la gratitude de la nation française. Ces deux sentimens ne sauraient perdre de leur force pour être motivés sur une appréciation réelle et positive de la Charte. Au contraire, à mesure qu'elle sera envisagée davantage sous son vrai point de vue, on sentira de plus en plus combien elle est exactement appropriée à l'époque présente, qui est véritablement une époque de transition. Le plus sûr moyen d'écarter ces jugemens favorables, serait précisément de persister à regarder la Charte comme étant la constitution définitive ; car, malgré que la nation n'apperçoive que d'une manière extrêmement vague le vrai caractère du système vers lequel la marche de la civilisation l'entraîne aujourd'hui, elle sent, d'une manière très-réelle, quoiqu'obscure, que l'ordre établi par la Charte ne satisfait point ses désirs fondamentaux.

L'opinion que je viens d'émettre étant d'une grande importance, puisqu'elle embrasse la grande question politique dans sa généralité, je dois la fortifier par le plus de considérations distinctes qu'il me sera possible.

Je vais avoir l'honneur d'en indiquer sommairement quelques-unes à Votre Majesté, quoique je regarde celles déjà exposées comme suffisantes pour prouver à tous les esprits susceptibles de les approfondir, que la Charte n'est point une véritable constitution.

Sire, le premier article d'une constitution, le plus important de tous, est évidemment celui qui énonce le but vers lequel on se propose, par ce contrat, de diriger la société. Si ce but n'est pas complètement exposé, tous les autres articles, qui ne sont que réglementaires par rapport au premier, restent nécessairement dans le vague, et l'acte perd dès ce moment le caractère constitutif. Un notaire, dans la rédaction d'un contrat de société, a-t-il jamais oublié d'indiquer le but de l'association ?

Telle est, néanmoins, la grande lacune que présente la Charte. Nulle part le but de l'association n'y est seulement sous-entendu. Elle commence, comme toutes les constitutions imaginées depuis 1789, par exposer les droits des Français, qui ne sauraient être nettement déterminés qu'autant que le but de la société est établi d'une manière positive, puisque les droits de chaque associé ne peuvent

être fondés que sur les facultés qu'il possède, pour concourir au but commun, ainsi
que cela se pratique dans toutes les associations particulières. Il est vraiment singulier
qu'une chose dont la nécessité est aperçue
de tout le monde pour des associations de
trente ou de cent individus, ne soit conçue
par personne quand ces individus s'élèvent
au nombre de trente millions. Toute cette
première partie de la Charte, qui est cependant la plus importante, puisqu'elle établit
les principes, est une trop fidèle image du
vague dans lequel sont encore plongées les
idées politiques, et du fâcheux empire que
la métaphysique conserve encore sur les
esprits.

Aussi voyons-nous que, par cette absence
de caractère déterminé, si remarquable dans
la charte, et qui résulte de ce que le but
d'activité de la société et du gouvernement
n'y est nullement indiqué, soit explicitement,
soit implicitement, on peut la faire servir à organiser la société dans les sens les plus opposés.
On peut l'employer au rétablissement du systême féodal et théologique dans toute sa
pureté; il suffit pour cela de substituer au
mot *Chambre* le mot *Etat*, ce qui est en
soi fort indifférent, et de donner au mot

religion de l'Etat toute son acception naturelle. Certes, si la nation n'avait pas de
moyens plus réels de s'opposer à ces vaines
tentatives que des argumentations fondées
sur la charte, elle devrait se tenir pour battue,
au moins sous le rapport logique. En second
lieu, la charte peut être mise en activité de
manière à préparer l'organisation du système
industriel et scientifique ; car rien, dans son
texte, ne contredit formellement cette direction : telle est même, comme je crois l'avoir
prouvé, sa véritable destination, telle est
la seule manière saine de la vivifier, la seule
qui convienne aux intérêts de la maison de
Bourbon et à ceux de la nation française.
Mais, quoi qu'il en soit, il faut convenir que
c'est une singulière constitution, celle qui
peut, à volonté, être conçue comme réta-
blissant l'ancien régime, ou comme prépa-
rant le régime industriel. La seule possibilité
d'une telle souplesse suffirait pour prouver
que la charte n'est point une vraie constitution.

Sire, il est possible de se convaincre d'une
manière directe, et indépendamment des
considérations indiquées jusqu'ici, que la
charte ne peut point être envisagée comme
une constitution définitive et durable ; car,

la charte n'est évidemment, dans son ensemble et dans ses dispositions les plus essen-
tielles, que la constitution anglaise, telle
qu'elle est fixée depuis 1688. Elle est donc,
sous ce rapport, jugeable par l'expérience.

Je commence d'abord par observer que,
en Angleterre comme en France, et, en général, dans toute l'Europe occidentale, le
régime parlementaire ne saurait être le régime définitif, et qu'il ne peut que servir
de transition vers le système industriel, que
la société est appelée à établir aujourd'hui.
Les motifs sur lesquels j'ai fondé cette opinion pour la France, sont, en effet, appli-
cables à toutes les nations parvenues à la
même époque de leur civilisation, et principalement à l'Angleterre.

L'Angleterre, par différentes causes qui
tiennent presque toutes, en dernière analyse,
à l'isolement où la place sa position géogra-
phique, a pu arriver à cette modification du
système féodal et théologique, qu'on appelle le régime parlementaire, plutôt que la
France, et quoique dans un degré de civilisation très-inférieur à celui où la France
se trouve aujourd'hui. Il en est résulté que
ce régime a pu avoir, en Angleterre, une
durée qui a pu le faire prendre pour un ré-

gime définitif. Mais la circonstance que je
viens d'indiquer, ne change rien à la nature
essentielle du régime parlementaire, qui est
d'être intermédiaire et transitoire. Il en sera
seulement résulté, pour l'Angleterre, que la
transition y aura été plus longue qu'en France,
comme cela devait être, ayant commencé
dans un degré de civilisation inférieur, à une
époque où la tendance continue de l'espèce
humaine civilisée vers la constitution industrielle n'était point encore assez prononcée.

Du reste, cette conclusion est directement
confirmée par l'observation ; car, aujour-
d'hui, tous les hommes qui ont considéré
d'une manière approfondie l'état civil et politique de l'Angleterre, envisagé sous les rapports les plus essentiels, et surtout sous celui de la répartition de la propriété, sont généralement convaincus que la constitution
anglaise touche au terme de son existence. Il
serait singulier qu'on espérât consolider en
France la constitution anglaise, à l'époque
où elle tend évidemment vers sa chûte, en
Angleterre même.

Il me reste actuellement à faire voir que
les causes qui ont maintenu, en Angleterre,
le régime parlementaire, n'existent point
en France, et que, par conséquent, ce ré-

gime ne peut prétendre ici même à cette per-
manence secondaire qu'il a pu avoir chez nos
voisins, et qui est encore bien inférieure à
celle d'un véritable système définitif.

On ne saurait trop le répéter, car c'est
sur ce principe que repose toute la saine
politique, une constitution n'est durable
qu'autant qu'elle est, dans ses élémens essentiels, l'expression de l'état de la société,
à l'époque où elle s'établit. On ne crée
point une force politique, on l'enregistre
au nombre des puissances dirigeantes, quand
elle a acquis un développement civil suffisant, ou bien elle s'enregistre alors d'elle-
même ; voilà tout. Cette reconnaissance, ou,
si l'on veut, cette légitimation des forces
prépondérantes qui exsistent dans une société à chacune des époques importantes de
la civilisation, est ce qu'on appelle sa constitution, qui, sans cela, serait purement une
rêverie métaphysique.

La constitution anglaise a été conforme à
ce principe puisé dans la nature même des
choses, et c'est pour cela qu'elle a pu être
solide, tant que l'état de civilisation auquel
elle correspondait n'a pas eté essentiellement
changé. Mais c'est par la même raison que la
Charte ne peut obtenir une véritable solidité,

dité, autrement que comme constitution provisoire, parce qu'elle traite comme des forces
politiques réelles des élémens qui n'ont aucune racine dans l'état de la société. Il est
aisé de s'en convaincre en considérant les
élémens politiques qui, avec le pouvoir royal
et les communes, concourent à former la
constitution anglaise. Je me bornerai ici à indiquer cette observation pour les deux plus
importans de ces élémens.

Sire, la prépondérance de l'église anglicane sur les autres communions religieuses,
et son existence sous la forme d'une corpo-
ration, dont le Roi est le chef, sont, incontestablement, un des principaux soutiens
de la constitution anglaise. Ce n'est pas ici le
lieu d'expliquer comment Henri VIII, prenant la réforme de Luther à son origine, et
avant qu'elle eût porté tous ses fruits, a pu
parvenir, non à empêcher, mais du moins
à retarder la désorganisation de l'ancien
pouvoir spirituel, par une combinaison qui
eût été impraticable un peu plus tard. Il suffit d'observer ici le fait, et de reconnaître
l'importance qu'il a eue pour la solidité de
la constitution anglaise. Or, existe-t-il, en
France, aucun appui de ce genre?

La Charte a bien posé en principe que

E

le catholicisme est la religion de l'Etat. Cela devrait être un fait, pour avoir une valeur politique ; mais il est évident que ce n'en est pas un. Il n'y a point de *religion de l'Etat* dans un pays où les idées théologiques, livrées depuis long-temps à la critique, ont perdu la presque totalité de leur influence. Or, avant de prétendre à se faire un appui de l'ancien pouvoir spirituel, il faudrait être parvenu à le reconstituer, ce qui, par l'état actuel des lumières, est une entreprise absurde et chimérique. Bonaparte a eu l'intention de se faire pape en France, à l'imitation d'Henri VIII, en Angleterre, comptant donner ainsi une grande solidité à son pouvoir. C'était évidemment prendre l'œuvre à rebours, et commencer par où il fallait finir, en supposant même qu'il fût possible de rendre au pouvoir théologique son ancienne suprématie.

Le pouvoir du clergé, à son origine, avait pour base fondamentale la grande supériorité de ses lumières sur celles des autres classes ; depuis que cette supériorité a disparu, et, certes, ce n'est pas d'hier, la puissance théologique a été sapée dans ses fondemens ; car il est dans la nature même des choses, que le pouvoir spirituel appartienne à la classe la plus éclairée. Le seul pouvoir spirituel qui puisse aujourd'hui se constituer, est celui des savans, qui correspond à la constitution industrielle, et dont les bases ont été établies de la manière la plus inébranlable par les progrès continus des sciences d'observation depuis les Arabes.

Si donc il est vrai qu'il n'y a point réellement de pouvoir spirituel dans le régime établi par la Charte, et s'il est évident qu'il ne saurait exister de véritable constitution sans pouvoir spirituel, comment penserait-on que la Charte puisse être une vraie constitution ? Comment espérerait - on même qu'elle pût avoir seulement la solidité de la constitution anglaise, quand elle manque d'un des élémens fondamentaux de celle-ci ?

Sire, la Chambre des lords est encore une des principales puissances qui concourent au maintien de la constitution anglaise. Mais la Chambre des lords n'est une véritable force dans l'Etat, que parce qu'elle en est une, et une très-grande dans la société, ce qui résulte de plusieurs causes, et surtout de la concentration des principales propriétés territoriales entre les mains de ses membres, maintenues dans les mêmes familles par des lois féodales qui en préviennent la dispersion. Ce pouvoir intermédiaire n'eût évi-

demment jamais été un auxiliaire vraiment
efficace pour la Royauté, s'il n'eût possédé
une puissance distincte et indépendante. Ce
n'est en vertu d'aucune théorie d'équilibre
politique arrangée d'avance, que la Chambre
des lords a été admise au nombre des élémens essentiels de la constitution anglaise;
c'est uniquement en vertu d'un fait, et les
théories n'ont été imaginées qu'après coup.
La Chambre des lords est tout naturellement
entrée dans la constitution anglaise, parce
que la classe des lords étant, à l'époque où
cette constitution s'est fixée, une des forces
civiles prépondérantes en Angleterre, on
ne pouvait pas ne point l'admettre au nombre des pouvoirs politiques.

Si l'on juge la Charte d'après ces principes,
qui ne sont que l'expression des faits, on
reconnaît que sous ce rapport, comme sous
celui que j'ai considéré tout-à-l'heure, elle
manque de bases réelles. Qu'est-ce qu'une
Chambre des pairs dans un pays où il n'y a
plus de féodalité, et où la propriété territo-
riale n'est plus concentrée depuis très-long-
temps dans un petit nombre de familles?
Qu'est-ce que des pairs dont l'existence n'est
fondée que sur les pensions ou les places que
le pouvoir royal leur accorde? C'est une

force dérivée qu'on prend pour une force propre. Il n'y a en France, ni la pairie anglaise, ni aucun des élémens susceptibles de la créer. La Chambre des pairs ne peut passer chez nous que pour une extension du conseil d'état, qui n'ajoute pas plus que celui-ci à la force de la royauté, et qui produit plutôt un effet contraire, puisque la royauté, au lieu de recevoir, est obligée de donner. Aussi la Chambre des pairs ne joue-t-elle qu'un rôle absolument insignifiant et presque ridicule; elle n'a et ne peut avoir aucune importance politique (1), à peine s'aperçoit-on de son existence. Tous les débats ont lieu entre la royauté et les communes uniquement, parce qu'il n'existe effectivement aujourd'hui de véritables forces en France, que la royauté et les communes. Conserver ou supprimer la Chambre des pairs est une mesure à peu près également indifférente sous le rapport politique, et qui n'offre quelqu'intérêt que sous le rapport financier, à cause des cinq ou six millions que la nation est obligée de payer tous les ans pour faire subsister ces lords par hypothèse.

Afin de compléter cet examen et en même

_____

(1) M. de Montlosier a très-clairement exposé ce fait dans son dernier ouvrage.

temps de le résumer, je suppose qu'on demande à un publiciste anglais quelconque, et particulièrement à quelqu'un des membres du cabinet, ce que deviendrait la constitution anglaise, si on y faisait les changemens suivans :

Priver le Roi de la qualité de chef de l'église anglicane, et détruire la suprématie de cette église ;

Enlever des Chambres, le banc du Roi, ne plus y admettre les juges en leur qualité de juges, abolir les coutumes féodales dans toute l'Angleterre, abroger toutes les anciennes lois civiles, et faire de nouveaux codes pour toutes les parties du pouvoir judiciaire ;

Oter aux anciennes pairies les fortunes territoriales dont elles jouissent depuis une époque antérieure à la révolution anglaise ;

Supprimer les *bourgs pourris*, et répartir avec équité la représentation dans la Chambre des communes :

Il n'est pas un seul publiciste anglais qui ne déclarât formellement que de pareilles suppressions ôteraient à la constitution anglaise toute sa force et toute sa solidité.

Comment donc peut-on imaginer que la Charte, qui n'est autre chose que la constitution anglaise, et qui manque de tous les

appuis précédemment indiqués , puisse acquérir de la solidité , et devenir une constitution durable ?

SIRE , d'après les différentes considérations que j'ai eu l'honneur de soumettre à
Votre Majesté dans cet article , il me paraît
démontré que la Charte ne peut nullement
être envisagée comme une constitution durable et définitive. L'ordre de choses qu'elle
établit , ne doit être conçu que comme un
régime provisoire , ayant pour objet de faciliter la transition de la société vers la constitution industrielle , la seule qui puisse aujourd'hui se consolider.

Cette manière d'envisager la Charte , bien
loin de devoir alarmer Votre Majesté , est ,
au contraire , la seule qui puisse amener les
peuples dans une direction saine et conci-
liante , car les peuples sentent par une sorte
d'instinct , que la Charte n'est pas ce nouveau systême politique dont ils éprouvent si
vivement le besoin sans en comprendre nettement la nature. Ils sont portés , par cette
ignorance , à chercher dans des modifications
encore plus grandes de l'ancien systême politique , ce qu'ils ne peuvent réellement trouver que dans l'organisation du systême industriel et scientifique. Leurs esprits se trou-

vent donc naturellement engagés dans une direction hostile, plus ou moins fortement prononcée, à l'égard de la Charte. Si, au contraire, l'opinion qui fait concevoir la Charte comme un moyen nécessaire de transition vers la constitution industrielle, devenait dominante, les peuples sentiraient immédiatement que si la Charte ne remplit pas les conditions qu'ils exigent dans le régime définitif, objet de leurs désirs, elle satisfait parfaitement à toutes celles qu'ils peuvent demander pour l'ordre de choses provisoire destiné à préparer ce régime.

« 6°. Nous ne devons pas demander à des
» institutions naissantes ce qu'on ne peut
» attendre que de leur entier développement
» et des mœurs qu'elles sont destinées à
» former.

» Jusque là, sachons reconnaître que, dans
» les affaires publiques, la patience et la mo-
» dération sont aussi des puissances, et cel-
» les de toutes qui trompent le moins. »

La pensée contenue dans ce passage appelle naturellement une observation importante, que je vais avoir l'honneur de soumettre en peu de mots à la critique éclairée de Votre Majesté.

Sire, l'objet de ce passage a été sans doute

d'engager la nation française à supporter
avec patience le mal-aise politique dont elle
est accablée, et à attendre avec modération
de l'entier développement de la Charte l'ac-
complissement de ses vœux.

Le négociant qui vient d'expédier un navire pour le commerce de l'Inde, ne s'attend
pas à obtenir de suite les bénéfices que son
entreprise doit lui procurer. Quelque pressé
qu'il puisse être d'en jouir, il sait qu'une telle
expédition exige du temps, et il prend patience jusqu'à ce que le terme naturel soit
arrivé. Mais si le vaisseau, chargé depuis
long-temps, restait dans le port pendant des
mois entiers, malgré que le vent fût favorable, ou, à plus forte raison, si les conduc-
teurs du navire, après s'être mis en mer, prenaient une route absolument opposée à celle
de l'Inde, conviendrait-il d'exhorter le négociant à prendre son mal en patience, et à
attendre paisiblement qu'une entreprise aussi
mal conduite eût atteint son succès? Et, si
son existence toute entière s'y trouvait atta-
chée, un tel langage serait non seulement
absurde, mais cruellement dérisoire.

Tel est, néanmoins, le point de vue véritable sous lequel la marche insensée du ministère a présenté l'exhortation adressée par

V. M. à la nation française, dans le passage cité, exhortation qui, à l'envisager abstraitement, n'offre rien que de raisonnable.

Que la royauté se place à la tête du mouvement général qui pousse aujourd'hui la société vers l'établissement du système industriel et scientifique, et alors une vaste carrière d'améliorations larges, évidentes et assurées, dont plusieurs peuvent être très-prochaines, s'ouvrant aux yeux de la nation française, elle distinguera parfaitement d'elle-même les perfectionnemens immédiatement praticables, de ceux que peut seul amener l'entier développement de ce système. Mais, si le Ministère persiste dans ses folles tentatives pour rétablir le système féodal et théologique, la nation aura bien sans doute, le droit d'en témoigner de l'impatience et même de l'indignation. Bien loin que, sous ce rapport, le Peuple français ait manifesté des dispositions blâmables, il a mérité, j'ose le dire, des hommages de reconnaissance de la part de la royauté pour la patience et la modération vraiment admirables, avec lesquelles il a supporté depuis six ans les fâcheuses conséquences de l'incapacité ministérielle, soutenu par la seule espérance que le pouvoir royal ouvrirait enfin les yeux sur l'ineptie de ses conseillers. Votre Majesté, je le dis sans hésiter, n'a pas rendu assez de justice, dans son discours, à cette sage et généreuse disposition. La nation française a été patiente, modérée et confiante, beaucoup plus même que la royauté n'avait le droit de l'exiger, d'après la conduite du ministère. Mais le ministère se souviendra, peut-être, que toute patience a des bornes, et il s'arrêtera avant d'avoir comblé la mesure.

Le passage ci-dessus rapporté peut être considéré sous un second point de vue, encore plus important.

Votre Majesté paraît persuadée, suivant ce passage, que la patience et la modération sont les puissances politiques sur lesquelles il faut compter principalement Je ne crains pas d'avouer que cette opinion me semble erronée, parce que ces forces sont, de leur nature, purement passives, et, par-là même, tout-à-fait disproportionnées avec l'état présent des choses qui exige que les puissances les plus essentiellement actives soient mises en jeu, autant pour l'intérêt des Rois que pour celui des Peuples.

Quand une société cesse d'être active dans une certaine direction, il faut qu'elle le devienne dans une autre; car le premier besoin d'une nation quelconque, et surtout de la nation française, est l'activité. Les Français ont été vivement exaltés dans le sens militaire, sous la domination de Bonaparte; il faut les exalter aujourd'hui encore plus vivement dans le sens industriel; et, certes, rien n'est plus facile. C'est le seul moyen de détruire les souvenirs de gloire qu'ils attachent encore à cette époque rétrograde, et sur lesquels est fondée, en grande partie, l'influence que la faction ennemie de votre dynastie exerce encore sur les esprits.

Les hommes prudens et modérés ont fait beaucoup de mal pendant la révolution, parce qu'ils ont laissé prendre aux ambitieux et aux intrigans, un ascendant qu'ils eussent rendu impossible en déployant une énergie égale à celle des factieux. Cette triste expérience a pleinement confirmé cette vérité déjà surabondamment prouvée par la connaissance de l'homme, et par l'histoire de tous les temps: pour résister avec une entière efficacité, il faut opposer activité à activité. Ainsi, dans les affaires publiques, encore plus que dans les affaires privées, la patience et la modération, bien loin d'être « les puis-» sances qui trompent le moins », sont, au contraire, celles qui trompent le plus, parce

qu'on les suppose ordinairement susceptibles d'une très-grande force de résistance
qu'elles n'ont pas et qu'elles ne sauraient
avoir.

Aujourd'hui, il est certain que l'apathie
politique des industriels et des savans est
précisément le plus grand obstacle à l'établissement d'une tranquillité durable, celui qu'il
est le plus urgent de surmonter. Il en résulte,
en effet, que la direction de l'opinion nationale se trouve encore appartenir nécessairement aux gens incapables, aux ambitieux,
et aux intrigans, qui sont encore les seuls
actifs. Les industriels et les savans ne se ré-
servent d'autre droit que celui de critiquer
le plan arrêté par ceux-là, ce qui ne peut
évidemment aboutir à rien tant qu'ils ne s'in-
vestiront pas eux-mêmes de la direction de
la cause nationale, c'est-à-dire, de la leur.

Ainsi, bien loin que Votre Majesté doive
compter sur la patience et la modération
comme puissances politiques, elle doit, au
contraire, regarder comme un véritable fléau
l'inactivité politique de la masse de la nation.
La mesure la plus efficace qu'elle puisse
adopter en faveur de son auguste Dynastie,
c'est de déterminer, en se plaçant à leur tête,
les savans et les industriels à devenir actifs

sous le rapport politique; car eux seuls peuvent rendre vains les projets des factieux.

Entre la chûte d'un système et l'établissement d'un autre, il y a nécessairement
une époque plus ou moins longue d'inactivité politique. Mais se représenter comme
permanent cet état de transition, se figurer que la nation française puisse se repo-
ser tranquillement dans la nullité politique, est évidemment une erreur, et une erreur très-grave. La nation française éprouve
le besoin de jouer un premier rôle en
Europe, et c'est dans la direction industrielle et scientifique qu'elle tend à le jouer.
Tant que l'ordre politique ne sera point
conforme à cette tendance nationale, la société sera nécessairement dans un état de
crise.

7°. Votre Majesté a terminé son discours
en annonçant que, d'après son espérance,
« cette session achevera l'ouvrage heureuse-
» ment commencé par la session dernière. »

Le ministère n'a que trop exactement ac-
compli cette partie des promesses faites par
Votre Majesté.

Dans la session dernière, il avait clairement manifesté l'intention de devenir le don
Quichotte des gentilshommes et des ton-

surés. Il avait établi pour eux les moyens de
se trouver en majorité dans la chambre dite
des communes, et il leur avait assuré, en
outre, ce monopole de la discussion, si indispensable à la débilité et à l'impopularité
de cette faction. Dans la session actuelle, le
ministère est sorti des mesures simplement
préparatoires; il a commencé ses tentatives
directes pour organiser la machine politique
dans le sens féodal et théologique.

C'est dans ce but, que le ministère a fait
rendre une ordonnance sur l'instruction publique, dont la tendance évidente est de
donner au clergé la direction de l'éducation
nationale, et qu'il a proposé une loi sur les
municipalités, dont l'objet manifeste est
de mettre les gentilshommes, les fonctionnaires publics, les légistes, les propriétaires
oisifs, en un mot, toute la troupe des non-
producteurs, à la tête des communes de
France. Il me reste à appeler un instant l'attention de Votre Majesté sur ces deux grands
actes de folie.

Sire, l'éducation nationale est la fonction
spéciale du pouvoir spirituel. Or, ce n'est
point en vertu d'une ordonnance, ni d'une
loi, ni d'une charte quelconque, qu'une classe
d'hommes peut devenir pouvoir spirituel;

c'est uniquement par la supériorité de ses lumières. Telle a été, effectivement, dans l'origine, la base de la puissance du clergé. Mais, depuis long-temps, cette supériorité s'est complètement dissipée, et elle a passé toute entière du côté des savans, qui possèdent seuls aujourd'hui toutes les connaissances réelles existantes. C'est là un fait que toutes les ordonnances, et même toutes les constitutions possibles ne sauraient changer. Ainsi, le pouvoir spirituel est réellement entre les mains des savans, ce qui est clairement vérifié par l'observation, puisqu'il est constant qu'eux seuls aujourd'hui ont le pouvoir de commander à la croyance universelle. Une ordonnance raisonnable sur cette matière ne doit avoir pour objet que de reconnaître solennellement ce fait, au lieu de lutter contre lui, et d'en adopter ou plutôt d'en régulariser l'inévitable conséquence, en confiant aux savans la direction suprême de l'éducation nationale.

Des hommes dont le faux esprit est constamment occupé à combiner des élémens qui s'excluent comme appartenant à des systêmes différens, pensent qu'il faut tout concilier en accordant aux savans la partie de l'éducation relative aux connaissances positives,

et

et en laissant au clergé l'enseignement de la morale. Qu'un tel état de choses ait pu et même ait dû exister transitoirement entre l'époque de la décrépitude de l'ancien pouvoir spirituel et celle de la maturité du nouveau, cela était inévitable, et c'est un des deux grands traits de cette profonde anarchie dans laquelle a dû se trouver la société depuis la décadence de l'ancien système politique, jusqu'à la constitution finale du nouveau. Mais qu'un désordre aussi fondamental soit conçu comme un état permanent et régulier de la société, cela est étrangement absurde. En thèse générale, il est monstrueux que l'enseignement de la morale et celui des connaissances positives soient confiés à des corps différens ; car, il est monstrueux (1) que les ignorans soient chargés de conduire les gens éclairés.

------

(1) Pour apercevoir cette monstruosité dans tout son jour, on peut se figurer le cas où le jeune élève d'un collége est plus instruit que l'aumônier chargé de lui enseigner la morale. Si ce cas ne se réalise point dans nos colléges, vu la pauvre éducation que là jeunesse y reçoit, du moins arrive-t-il couramment, dans les hauts établissemens d'instruction, tels que l'Ecole Polythecnique, l'Ecole Normale, etc. D'ailleurs, un fait parfaitement analogue a lieu dans toutes les églises chaque jour de prédication.

F

La première condition pour commander la croyance à des préceptes, est la conscience intime, dans celui qui les reçoit, de la supériorité des lumières de celui qui les donne. Une seconde condition, dont la nécessité est encore plus évidente, est la moralité constatée du corps enseignant ; et le clergé a depuis long-temps perdu toute influence sous ce second rapport, comme sous le premier, parce qu'il s'est dépouillé du caractère chrétien pour prendre le caractère rétrograde.

Sire, l'éducation nationale doit aujourd'hui se reconstituer, entre les mains des savans, sur un plan entièrement neuf. Le ministère pouvait se couvrir de gloire en mettant en activité cette belle et noble entreprise, la seule de ce genre qui puisse ne pas être éphémère. Il a préféré se couvrir de ridicule, en s'efforçant de rétablir, au profit des tonsurés, le plan d'éducation fait pour le quatorzième siècle.

Le projet de loi sur les municipalités donne lieu à des observations essentiellement analogues aux précédentes. On peut dire que, par cette mesure, le ministère s'est constitué en opposition avec un grand fait temporel, comme, par la précédente, avec un grand fait spirituel.

Dirigé par un esprit superficiel, ébloui d'une puissance éphémère, n'ayant jamais mesuré la véritable force du pouvoir, ne s'étant jamais élevé jusqu'à l'idée que cette force n'a d'effet durable qu'autant qu'elle est en rapport avec l'ordre intérieur de la société, tel qu'il résulte de l'état de la civilisation, le ministère a imaginé qu'il suffisait de déclarer par une ordonnance que telle classe d'hommes serait les *notables* de la nation, pour qu'elle le fût effectivement. Dès-lors, partant du principe, juste en lui-même, que l'administration municipale doit être confiée aux *notables*, il a conçu la pensée de la mettre entre les mains des gentils-hommes, des fonctionnaires publics, des légistes, et des propriétaires oisifs, en les proclamant, de sa propre autorité, les *notables* de la nation française. A l'observation d'un fait, il a substitué l'énonciation de sa faible volonté.

Si un projet aussi extravagant pouvait se réaliser pendant quelque temps, l'administration municipale qui, par sa nature, doit être de toutes la plus populaire, se trouverait abandonnée à des hommes qui n'exercent sur

le peuple aucune influence réelle et permanente, et qui n'ont aucun moyen d'obtenir
sa confiance. Cette administration serait donc
beaucoup plus mal organisée qu'elle ne l'a
été depuis l'affranchissement des communes,
il y a six siècles ; heureusement que la monstruosité de quelques conséquences pareilles
ouvrira, sans doute, les yeux de la royauté
sur l'absurdité du principe de conduite adopté
par le ministère.

Sire, dans une nation composée de vingt-
neuf millions et demi de producteurs, contre
cinq cent mille non-producteurs, il est aisé
de décider dans laquelle de ces deux classes
doivent être choisies les administrations
municipales, parce qu'il est facile de déterminer où sont les véritables *notables*. Les
gentilshommes, les fonctionnaires publics,
les légistes et les propriétaires oisifs, malgré
toute l'importance qu'ils se croyent et qu'on
leur suppose ordinairement, ne sont nullement *notables* sous quelque rapport qu'on
les considère aujourd'hui. Ces classes ne
possèdent aucune des supériorités sociales
véritables, ni celle de la force physique, ni
celle même des richesses, ni celle de l'intelligence et des lumières ; elles n'ont aucune
action sur le peuple, qui voit en elles, par son

instinct naturel, une troupe de frélons coa-
lisés contre les abeilles. Sous quel rapport
seraient-ils donc *notables ?* Il n'y a pas, aujourd'hui, en France, d'autres *notables*, à
l'exception des savans et des artistes, que les
chefs (1) des travaux de culture, de fabrication et de commerce. C'est en eux que se
trouve exclusivement la puissance d'agir sur
le peuple, parce que c'est à eux que le peuple
est habituellement subordonné dans ses relations journalières.

De ce fait incontestable résulte immédiatement la nécessité de prendre dans ces
dernières classes les administrations municipales. La nature des choses ne permet pas,
à cet égard, la liberté du choix, parce qu'elle
fixe très-précisément la condition à laquelle
il faut satisfaire, sous peine de nullité. Cette
condition évidente est qu'une administration, destinée essentiellement à agir sur le
peuple d'une manière directe, doit être confiée aux hommes qui exercent le plus d'influence sur lui. Agir autrement, c'est constituer l'ordre politique en opposition avec

---

(1) J'entends ici par *chefs* des différens travaux,
tous les industriels qui ne sont pas purement *ouvriers*,
c'est-à-dire exécutans, et qui prennent une part plus
ou moins grande à la direction des travaux.

l'ordre social ou civil, ce qui est impossible pour un temps durable. Toute la discussion ne peut donc porter que sur la question de savoir quels sont les hommes qui exercent le plus d'influence sur le peuple. Amenée à ces termes, la solution se présente d'elle-même, à moins qu'on ne fasse intervenir la ténébreuse métaphysique dans une recherche qui se réduit naturellement à la simple observation d'un fait.

Il me reste, Sire, à présenter sommairement à Votre Majsté le résultat commun des différentes considérations exposées dans cette adresse.

Le plan général de politique adopté par le ministère, et même par les cabinets de tous les Rois de l'Europe, unis pour le suivre en commun, est radicalement absurde dans toutes ses parties, parce qu'il imprime aux Gouvernemens une tendance directement opposée à celle de la civilisation européenne.

Ce plan est encore plus funeste aux intérêts de votre auguste dynastie, dont il compromet le sort de la manière la plus imminente, qu'à ceux de la nation française, dont la cause est, par elle-même, assez robuste pour braver toutes les conséquences de l'ineptie ministérielle, quelque fâcheuses qu'elles puissent être.

Il alimente continuellement l'influence de la faction dirigée par la noblesse de Bonaparte, dont l'ascendant sur l'opinion nationale s'accroît de jour en jour, suivant une déplorable progression, à mesure que le ministère fait de nouveaux efforts en faveur des gentilshommes et des tonsurés.

Enfin (et ce trait seul suffirait pour faire apprécier un plan aussi insensé), il est même absolument contraire aux vrais intérêts de la poignée de factieux pour lesquels ils est combiné, et dont le parti le plus sage serait de se renfermer dans leur nullité naturelle. En les laissant se livrer, dans leur débile fureur, à la poursuite de leurs projets chimériques, le ministère leur prépare involontairement le sort de l'insecte téméraire qui ose agacer le lion.

Le vice fondamental de ce plan consiste à donner pour appuis à la royauté, des classes caduques, qui n'ont plus aucune force réelle, qui empruntent au pouvoir royal toute leur prépondérance factice, et qui, par conséquent, au lieu d'être pour lui des soutiens, sont, au contraire, de véritables char-

ges; et des charges très-difficiles à supporter,
vu l'entière impopularité de ces classes, ou
plutôt l'extrême aversion qu'elles inspirent au
corps de la nation. Il en résulte nécessairement, comme conséquence générale, que ce
plan, bien loin de pouvoir terminer la crise
profonde dans laquelle la société se trouve
plongée, tend de la manière la plus directe,
à la prolonger et à l'aggraver de plus en plus,
à lui conserver le caractère anarchique, en
séparant de plus en plus les uns des autres
les Peuples et les Rois.

Le seul principe de conduite qui puisse
terminer la crise, le seul donc qui soit conforme aux vrais intérêts des Rois autant
qu'à ceux des Peuples, consiste à donner
pour appuis à la royauté, et à mettre immédiatement en activité politique, les forces
sociales qui sont aujourd'hui devenues prépondérantes; en un mot, placer la royauté
à la tête du mouvement irrésistible qui entraîne la société actuelle vers le système
d'organisation qui établira un nouveau pouvoir spirituel entre les mains des savans, et
un nouveau pouvoir temporel entre les
mains des chefs des travaux industriels.

L'espèce humaine civilisée a toujours tendu
vers ce système, depuis sa première enfance;

mais spécialement depuis l'affranchissement
des communes et l'introduction des sciences
politiques en Europe par les Arabes. A
partir de cette époque mémorable, à laquelle
on doit rapporter l'origine directe du systême industriel et scientifique, l'ordre intérieur de la société, s'est établi sur cette base
par degrés insensibles. Cette organisation
civile, ou élémentaire, est aujourd'hui
pleinement effectuée dans les pays les plus
civilisés, et particulièrement en France. Le
moment est enfin arrivé de travailler directement à la constitution politique, ou générale, du nouveau système. La sagesse conseille
aux Rois de se faire les chefs de cette entreprise, afin qu'elle ne s'opère point sans eux
et malgré eux.

Il a fallu, j'ose le dire, des méditations
long-temps prolongées sur la marche de la
civilisation, pour s'élever à cette vue générale, qui lie et qui domine tous les faits.
Mais, une fois trouvée, le plus simple bon
sens suffit pour en reconnaître la vérité, tant
elle est en harmonie avec l'état réel des choses.
Le jugement à porter se réduit, pour ainsi
dire, à une simple question de statistique.

Un coup-d'œil d'ensemble jeté sur le tableau
statistique de la France, démontre, en effet,

avec une parfaite évidence; que les masses
d'hommes organisés entr'eux d'après le systême industriel et scientifique, possèdent, à
un degré immense, sur leurs adversaires,
toutes les supériorités réelles; celle du nombre, celle de la force physique, celle des richesses, celle de la capacité administrative,
celle de la moralité, celle enfin si décisive
de l'intelligence et des connaissances positives acquises. Un résultat aussi frappant
montre combien il est absurde que cette
immense majorité soit contrariée dans sa
marche par les autres classes de la population, combien il serait contraire à la
nature des choses que ce surplus faible et
parasite conservât plus long-temps la direction d'une société avec laquelle il n'a rien
d'homogène.

Sire, la conclusion générale de cet écrit
est donc que Votre Majesté doit s'investir du
caractère de Roi fondateur du système industriel et scientifique, et mettre en activité, le
plus promptement possible, le travail théori-
que et pratique nécessaire pour développer
la constitution politique de ce système, en regardant la Charte comme un réglement provisoire, destiné uniquement à gouverner la
société pendant tout le temps que durera cette

transition, ainsi que je crois l'avoir prouvé dans la partie de cette adresse relative à la Charte.

Le motif qui empêche Votre Majesté d'adopter un plan de conduite aussi évidemment dicté par la nature même des choses, c'est, d'abord, l'ignorance où sa position la retient nécessairement du véritable état de la société ; c'est, en second lieu, la persuasion naturelle de l'extrême difficulté de cette grande entreprise. Mais il est aisé de détruire cette dernière objection.

Sire, en tout temps, en tout pays, ce qui est difficile, ce n'est pas de suivre en la dirigeant la tendance générale d'une société, quelque grandes que puissent être les innovations qu'elle provoque ; c'est de faire marcher une nation dans un sens contraire à celui dans lequel elle est poussée par l'effet de sa civilisation ; car, dans le premier cas, on a pour soi toutes les forces politiques principales, et, dans le second, on les a toutes contre soi.

Ce qui était difficile à l'époque de l'origine du christianisme, ce n'était pas de faire triompher la religion chrétienne ; c'était, au contraire, d'empêcher la chûte du polythéisme, arrivé depuis long-temps à sa décrépitude. Voilà ce qui était si fortement impraticable, que le talent et la puissance de l'empereur Julien, du maître de l'Univers alors connu, employant toutes ses forces dans cette malencontreuse direction, n'ont pu en venir à bout.

Ce qui était difficile lorsque Luther a quitté sa cellule pour prêcher la réforme du catholicisme, ce n'était pas de détruire la puissance papale, quelque grande qu'elle fût en apparence ; c'était, au contraire, de prolonger l'empire d'un pouvoir déjà ruiné dans ses bases depuis deux siècles. Cela était tellement impossible, que tous les efforts des papes, secondés par tout le pouvoir de Charles-Quint et de ses successeurs, et par toute l'habileté des Jésuites, y ont complètement échoué, même dans la plupart des pays qui ont continué à s'appeler catholiques.

Ce qui est difficile, aujourd'hui, ce n'est pas de constituer le systême industriel et scientifique, préparé par tous les progrès de la civilisation dans les siècles antérieurs ; c'est, au contraire, de l'empêcher de se constituer, c'est de rétablir le systême féodal et théologique, sapé dans ses fondemens depuis six siècles, et successivement détruit dans toutes ses parties pendant cette pé-

riode, d'une manière si complète, que la génération présente cherche vainement dans les
débris de ce systême une voie pour se faire
une faible image de ce qu'il était. Voilà ce
qui est non-seulement difficile, mais absolument chimérique, et au-dessus de tout pouvoir humain.

Cette impossibilité est telle que Bonaparte,
avec les moyens immenses dont il a disposé,
et favorisé par les circonstances qui pouvaient
le mieux seconder ses efforts, si un tel dessein eût été susceptible de succès, a succombé
dans cette entreprise, quoiqu'il y eût appliqué toutes ses forces, avec toute la profon-
deur d'intelligence qui était compatible avec
la médiocrité d'une telle conception.

Le ministère actuel, qui se traîne honteusement sur les traces de Bonaparte, sans l'é-
galer le moins du monde, ni en énergie, ni
en habileté pour le machiavélisme; en un
mot, sans avoir rien de lui que l'absurdité de
ses projets, aurait-il espéré, dans sa pré-
somption, obtenir plus de succès, en renou-
velant la même tentative quand la faveur des
circonstances a disparu sans retour? Certes,
il faut une profonde et incurable incapacité
pour que le rocher vivant de Sainte-Hélène
n'offre qu'une leçon stérile aux conseillers
de la maison de Bourbon.

Sire, Votre Majesté doit donc être pleinement rassurée sur les prétendues difficultés qu'elle éprouverait dans sa marche, en prenant le caractère de Roi fondateur de la constitution industrielle et scientifique. Cette entreprise est, au contraire, aujourd'hui, la plus facile de toutes à conduire, ou plutôt la seule facile, parce qu'elle est la seule qui puisse se consolider. Il n'y a qu'une impulsion à donner, le reste s'effectuera de soi-même par la seule force des choses.

Votre Majesté reconnaîtrait bientôt la justesse de cette assertion, si elle adoptait le principe politique général que j'ai l'honneur de lui proposer.

Sa conduite irriterait, sans doute, toute la troupe des frélons, qui feraient cesser immédiatement leurs dissentions intestines, leurs querelles de famille, pour unir toutes leurs forces contre un tel plan. Mais ce même plan mettrait sur le champ en activité, et ferait concourir avec la royauté, les véritables forces politiques, celles des savans, des chefs industriels, et du peuple ; forces qui sont, pour ainsi dire, des troupes fraîches en politique, car elles n'ont jamais lutté jusqu'à présent avec leur véritable caractère fondamental. Soutenue par de tels appuis, Votre

Majesté pourrait entendre sans s'émouvoir
les vaines criailleries des gentilshommes, des
tonsurés, des militaires, des propriétaires
fainéans et des légistes. D'ailleurs, si les
bourdonnemens des frélons prenaient un
caractère trop séditieux, les abeilles sauraient
leur apprendre que si leur fonction est de
fabriquer le miel, elles n'en ont pas moins un
aiguillon pour punir les perturbateurs de la
ruche.

Sire, le bien public, le salut de Votre
auguste Dynastie, et la facilité même de
l'entreprise, font donc une loi à Votre Majesté de prendre à la fois pour principe et
pour but de toute sa politique, le systême
industriel et scientifique. Mais une considération d'un ordre infiniment plus élevé, lui
en impose l'obligation d'une manière beaucoup plus pressante ; car elle lui prescrit cette
conduite comme un devoir sacré, ordonné
par Dieu même.

Sire, Votre Majesté, seule entre tous les
rois, porte le titre de Roi très-chrétien. De
vils flatteurs ne lui représentent ce titre que
comme lui donnant des droits. Je vais le lui
montrer comme lui imposant des devoirs.

Si le clergé n'avait pas honteusement aban-
donné depuis long-temps le divin principe

de la morale chrétienne, confié à sa garde,
pour ne songer qu'à la conservation de son
existence temporelle, qu'il a perdue sans
retour par cela même qu'il s'est exclusivement occupé; si le clergé, en un mot, eût
conservé son indépendance, c'est à lui que
cette glorieuse tâche serait réservée. Mais,
depuis long-temps, il s'est bassement réduit
à prêcher aux Peuples l'obéissance passive
à l'égard des Rois, sans jamais proclamer
au-dessus des trônes les obligations que
la morale chrétienne impose aux Rois envers les Peuples. Le pouvoir spirituel est
irrévocablement sorti de ses mains. C'est
au pouvoir spirituel appelé par la marche de
la civilisation à lui succéder, qu'il appartient
aujourd'hui de faire retentir, dans les palais
comme dans les chaumières, la voix toute-
puissante du christianisme. C'est comme
membre de ce nouveau pouvoir spirituel que
je vais parler à Votre Majesté.

Sire, le principe fondamental établi par
le divin auteur du christianisme, commande à tous les hommes de se regarder
comme des frères, et de coopérer le plus
complètement possible au bien-être les uns des
autres. Ce principe est le plus général de tous
les

les principes sociaux. Il comprend dans ses
conséquences, non-seulement toute la morale,
mais aussi toute la politique. Il est le véritable
principe constituant.

A l'époque où il a été donné à l'espèce
humaine, la civilisation était trop imparfaite
pour qu'il pût s'organiser comme principe
dirigeant. Ainsi, il a dû être et il a été primitivement établi en dehors du gouvernement
sous le nom de principe de morale, influant
sur la marche de la société seulement comme
principe modificateur, sans en prendre la
direction. C'était tout ce qu'il était possible
d'obtenir à cette époque, et ce triomphe,
quoiqu'incomplet, a été pour l'espèce humaine un bienfait immense ; c'est essentiellement par lui que les hommes sont sortis
de la barbarie, c'est à lui que la civilisation
a dû, en dernier ressort, tous ses progrès
ultérieurs.

Néanmoins, il est parfaitement évident
que le divin auteur du principe du christianisme, n'a pas condamné son ouvrage à
n'être éternellement qu'une critique du systême politique, à ne jamais s'élever au-dessus
de l'état passif. La destination finale que Dieu
lui a imprimée dès l'origine, c'est l'état actif,
la direction suprême de la société.

G

S'il n'a pas été d'abord établi sous cette forme, c'est, évidemment, parce qu'il était nécessaire à la faiblesse de notre nature que les hommes ne parvinssent que par degrés à à cet ordre final des choses, qu'ils fussent, au préalable, suffisamment civilisés. Mais, depuis que l'espèce humaine s'est élevée à la hauteur que l'établissement du principe divin comme présidant à la direction générale de la société devint praticable, l'obligation de le constituer ainsi est clairement-imposée à tous les chrétiens par le principe lui-même, puisque ce ne sera que de ce moment qu'il commencera à porter tous ses fruits, en devenant actif, sous le rapport politique.

Cet heureux état des choses, auquel Dieu a destiné l'espèce humaine pour l'époque où son éducation sociale serait entièrement terminée, est aujourd'hui devenu possible. Les chrétiens d'aujourd'hui sont appelés par Dieu à tirer les grandes conséquences politiques du principe général qui a été révélé aux chrétiens primitifs. Ces conséquences sont que le pouvoir temporel appartienne aux hommes utiles, laborieux et pacifiques ; que le pouvoir spirituel appartienne aux hommes qui possèdent les connaissances utiles à l'espèce humaine : en un mot, que le système industriel et scientifique se constitue. Ce système

n'est autre chose que l'application la plus générale du principe fondamental du christianisme ; c'est le christianisme lui-même rendu
actif, et devenu constitution politique, ainsi
que Dieu l'a commandé.

Quand Dieu a prescrit aux hommes une
fraternité universelle et un amour mutuel, il
leur a ordonné, de la manière la plus claire,
de retirer aux guerriers et aux théologiens la
direction de la société, aussitôt que l'état de
la civilisation le permettrait, puisque les
guerres et les abstractions théologiques sont
les causes les plus actives de haines, pour la
confier aux industriels, aux artistes et aux savans, les seuls hommes essentiellement pacifiques, les seuls dont les travaux tendent,
par leur nature, à unir les individus et les
nations.

Quand Dieu a imposé aux hommes l'obligation de coopérer au bien-être les uns des
autres, il leur a évidemment commandé d'é-
tablir, dès qu'ils seraient assez avancés dans
la route du développement du christianisme,
le christianisme définitif, c'est-à-dire le systême politique dans lequel toutes les forces
individuelles de l'espèce humaine sont coali-
sées pour agir sur la nature, de manière à la
modifier le plus avantageusement possible,

à l'aide des moyens d'action que fournissent les sciences et l'industrie, puisque cette voie est la seule par laquelle l'homme puisse améliorer sa condition, la seule par laquelle les peuples puissent parvenir à cet état d'aisance et de prospérité, auquel Dieu, en fondant le christianisme, leur a ordonné de tendre constamment.

Dieu a donc commandé, lorsqu'il a donné aux hommes le principe général du christianisme, que le premier degré de considération sociale finirait par appartenir aux savans, aux artistes et aux industriels; que la direction de la société passerait entre leurs mains; en un mot, que le système industriel et scientifique, ou le christianisme définitif et complet, ce qui est la même chose, serait constitué, quand il aurait été suffisamment préparé. Cette condition est aujourd'hui remplie.

Ainsi, Dieu impose aujourd'hui à tous les chrétiens l'obligation sacrée de concourir de tous leurs moyens à constituer le système industriel et scientifique, qui n'est que la mise en activité du principe divin.

Nier cette conséquence, serait oser prétendre que Dieu a pu vouloir la fin sans vouloir les moyens; qu'il a pu imposer aux hommes une loi impossible à pratiquer dans sa plus grande étendue.

Sire, ce commandement sacré que Dieu adresse à tous les chrétiens, comme application directe du principe fondamental établi par lui-même, il l'adresse spécialement à Votre Majesté, puisque, par sa seule résolution, elle peut, immédiatement, mettre en activité le travail nécessaire pour former la constitution industrielle et scientifique; c'est-à-dire, pour établir le christianisme définitif. Le titre de Roi très-chrétien augmente encore cette obligation divine pour Votre Majesté.

Si Votre Majesté tardait plus long-temps à remplir ce saint devoir, elle perdrait tous ses droits à la qualité de chrétien, elle se classerait, aux yeux de Dieu et des hommes, au-dessous même de Julien l'apostat, puisque cet empereur avait seulement tenté d'arrêter le christianisme à sa naissance, tandis que Votre Majesté s'opposerait, dans cette hypothèse, au développement final du christianisme, à l'époque de sa pleine maturité, et, par-là, se révolterait d'une manière encore plus prononcée contre la volonté de Dieu.

Le petit-fils du généreux Henri, de ce Roi vraiment très-chrétien, qui, dans un siècle encore féroce et ignorant, manifesta de nobles projets pour l'aisance du peuple et pour l'établissement d'un régime pacifique, sera sans doute fidèle à l'obligation sacrée et impérieuse que lui impose le principe de la morale chrétienne donné par Dieu lui-même.

Constantin s'est acquis une éternelle gloire, pour avoir le premier, entre les empereurs, embrassé le christianisme. Votre Majesté peut obtenir une gloire bien supérieure, en se plaçant à la tête de l'union des chrétiens, pour réorganiser la société sur les bases temporelle et spirituelle du christianisme actif et définitif, c'est-à-dire, du système industriel et scientifique.

Ainsi, la route que Votre Majesté doit imprimer à la Royauté, est entièrement tracée par la volonté de Dieu ; il n'y a qu'à marcher. Si Votre Majesté obéit à cette impulsion sacrée, tout le grand corps des chrétiens lui décernera, au nom de Dieu, une apothéose destinée à éclipser celle de Constantin. Si elle s'y refusait absolument, une flétrissure pire que celle de Julien lui serait inévitablement réservée par la voix divine du christianisme abjuré.

Je suis avec le plus profond respect,

SIRE,

DE VOTRE MAJESTÉ,

Le très-humble et très-fidèle sujet,

HENRI ST.-SIMON.

POST-SCRIPTUM.

S IRE,

Je crois avoir suffisamment démontré dans cette adresse que votre ministère suit une mauvaise direction. Je crois avoir clairement établi la marche qu'il devrait adopter. Il me reste à vous indiquer quels sont les moyens à employer pour passer de la mauvaise route où vous êtes, dans celle qu'il vous convient de suivre. Je vais remplir cette troisième tâche dans ce *Post-Scriptum.*

Je conseille à Votre Majesté de prendre les mesures suivantes: je lui conseille, 1°. de rendre les ordonnances dont je vais lui ex-poser les principales dispositions.

PREMIÈRE ORDONNANCE.

« Considérant que les troubles politiques
» qui agitent la France depuis plus de trente
» ans, ont eu pour cause principale l'igno-
» rance du peuple relativement à ses propres
» intérêts, et la fausseté de ses idées sur les

» moyens qui doivent être employés par le
» Gouvernement pour améliorer son exis-
» tence;

» Considérant aussi que le premier devoir
» du Prince est de procurer aux enfans de
» tous les citoyens une instruction solide, et
» voulant assurer, autant que possible, à la
» classe la moins aisée, la connaissance des
» principes qui doivent servir de base à l'or-
» ganisation sociale, ainsi que celle des lois
» qui régissent le monde matériel, nous
» avons ordonné ce qui suit :

ARTICLE Ier.

« Toutes les classes de l'institut réunies
» feront un catéchisme national qui renfer-
» mera l'enseignement élémentaire des prin-
» cipes qui doivent servir de base à l'orga-
» nisation sociale, ainsi que l'instruction
» sommaire des principales lois qui régissent
» le monde matériel.

ARTICLE II.

» L'institut combinera son catéchisme de
» manière qu'il puisse être appris par le
» mode d'enseignement mutuel.

» Il sera établi un nombre suffisant d'é-
» coles élémentaires pour que le catéchisme

» national soit enseigné à tous les enfans de
» la présente génération.

ARTICLE III.

» Une somme de vingt millions sera em-
» ployée à l'instruction du peuple (1). L'ins-
» titut présentera le projet d'emploi de cette
» somme.

DEUXIEME ORDONNANCE.

« Considérant que le lien le plus fort qui
» puisse unir les membres d'une société, con-
» siste dans la similitude de leurs principes
» et de leurs connaissances, et que cette
» similitude ne peut exister que comme un
» résultat de l'uniformité de l'enseignement
» donné à tous les citoyens, nous avons
» ordonné ce qui suit :

ARTICLE 1er.

» L'institut aura la surveillance de l'ins-

---

(1) En disant qu'une somme de vingt millions par
an doit être employée à l'instruction du peuple, j'ai
eu seulement l'intention de faire sentir toute l'importance de cet objet; l'examen de cette affaire dans ses
détails peut seul faire connaître exactement les fonds
qui doivent y être consacrés.

» truction publique; il ne pourra être rien
» enseigné dans les écoles de contraire aux
» principes établis dans le catéchisme natio-
» nal.

ARTICLE II.

» Les ministres des différens cultes seront
» soumis pour leur prédication, de même
» que pour leur enseignement aux enfans, à
» la surveillance de l'institut.

ARTICLE III.

» Aucun Français ne pourra exercer les
» droits de citoyen avant d'avoir subi un
» examen sur le catéchisme national; l'ins-
» titut réglera le mode et les conditions de
» l'examen.

TROISIEME ORDONNANCE.

» Considérant que les principaux chefs des
» travaux industriels sont de tous les citoyens,
» les plus intéressés au maintien de la paix
» et à la conservation de la tranquillité inté-
» rieure; considérant aussi que leur intérêt
» personnel leur fait désirer plus qu'à aucune
» autre classe la diminution des impôts et le
» bon emploi des deniers publics; considé-
» rant, enfin, qu'ils ont fait preuve plus

» qu'aucuns autres citoyens de capacité en
» administration, puisque c'est principale-
» ment à l'exercice de cette capacité qu'ils
» ont dû les succès qu'ils ont obtenus dans
» leurs travaux, nous avons ordonné ce qui
» suit :

ARTICLE Ier.

» Il sera formé un conseil d'industriels,
» qui sera chargé de préparer le projet de
» budget pour l'année 1822. Ce conseil sera
» composé, 1°. de la chambre du commerce,
» 2°. du conseil général des manufactures,
» 3°. du conseil des régens de la banque,
» 4°. des douze cultivateurs les plus impor-
» tans parmi ceux qui sont attachés au conseil
» d'agriculture.

ART. II.

» Ce projet de budget sera conçu dans
» l'intérêt de la majorité de la nation ; il
» tendra le plus directement possible à l'a-
» mélioration de l'existence du peuple, en
» favorisant les progrès et le développement
» de l'industrie.

ART. III.

» Le ministre des finances fournira à la
» Chambre du commerce tous les rensei-
» gnemens dont elle aura besoin pour for-
» mer ce projet, ainsi que tous ceux qu'elle
» lui demandera.

ARTICLE IV.

» Les deux premiers articles de dépenses
» seront, 1°. celui relatif à l'instruction du
» peuple; 2°. celui ayant pour objet d'as-
» surer du travail à tous ceux qui n'ont
» point d'autre moyen d'existence.

QUATRIEME ORDONNANCE.

« Considérant que la conservation des
» titres de noblesse déplaît souverainement
» à la nation; considérant aussi que la con-
» servation de ces titres entretient dans l'ame
» des anciens nobles l'espérance de rétablir
» le régime féodal, et dans celle des nou-
» veaux nobles le désir de réorganiser l'aris-
» tocratie créée par Bonaparte; considérant,
» enfin, qu'il est désirable, pour le bien
» général, que les chefs des travaux indus-
» triels jouissent du premier degré de con-
» sidération temporelle, nous avons ordonné
» ce qui suit :

ARTICLE Ier.

» La nouvelle ainsi que l'ancienne no-
» blesse sont supprimées, les titres féodaux
» sont abolis, aucune désignation rappelant
» la jouissance des priviléges que les nobles

» ont possédés, ne pourra être employée
» dans les actes publics, ni dans ceux qui
» seront produits en justice.

CINQUIEME ORDONNANCE.

« Considérant que, dans ces derniers
» temps, et à des époques très-rapprochées,
» les armées d'Espagne, de Portugal, de Na-
» ples et du Piémont, se sont insurgées contre
» les gouvernemens de ces différens pays, et
» qu'elles ont donné, pour raison de leur
» conduite, que les Rois voulaient faire de
» la force armée un instrument pour oppri-
» mer les citoyens laborieux et paisibles,
» voulant faire corps avec la nation fran-
» çaise, et ôter, par ce moyen, tout prétexte
» à l'armée française pour suivre l'exem-
» ple pernicieux qui lui a été donné par la
» force militaire des nations chez lesquelles
» il a été opéré des révolutions soldatesques,
» nous avons ordonné ce qui suit :

ARTICLE Ier.

» Nous licencions la totalité de notre
» maison militaire; les individus qui la com-
» posent seront incorporés dans l'armée de
» ligne.

ARTICLE II.

» Le service auprès de notre personne
» sera fait par la garde nationale.

ARTICLE III.

» Les officiers de la garde nationale se-
» ront renommés, les compagnies nomme-
» ront leurs officiers, les capitaines nom-
» meront entre eux le chef de leur bataillon,
» les chefs de bataillons choisiront le chef
» de la légion dont leurs bataillons feront
» partie, et les chefs de légions choisiront
» le commandant général de la garde na-
» tionale de Paris, lequel commandant gé-
» néral sera chargé de la composition de
» son état-major.

ARTICLE IV.

» Les citoyens patentés seront les seuls
» qui pourront être nommés officiers de la
» garde nationale de Paris.

ARTICLE V.

» Une autre ordonnance réglera la nou-
» velle organisation de la garde nationale
» du royaume.

SIXIEME ORDONNANCE.

» Considérant que la très-grande majo-

» rité de la Chambre des députés actuelle
» est composée d'anciens et de nouveaux
» nobles, de propriétaires oisifs et de fonc-
» tionnaires publics ; reconnaissant qu'une
» pareille majorité est intéressé à rendre des
» lois contraires à la prospérité des travaux
» industriels, et voulant assurer aux chefs
» des travaux de l'utilité la plus directe, la
» prépondérance qu'ils doivent exercer sur
» la formation des lois, nous avons ordonné
» ce qui suit :

ARTICLE Ier.

» Le parlement actuel est dissous.

ARTICLE II.

» Il sera procédé immédiatement à un
» nouveau choix de députés, et les assem-
» blées électorales seront convoquées à ce
» sujet dans le plus court délai possible.

ARTICLE III.

» Le choix des députés sera fait d'après le
» mode d'élection établi par la loi du 5 fé-
» vrier 1817.

ARTICLE IV.

» Attendu que les chefs des travaux in-
» dustriels sont de tous les citoyens les plus

» intéressés à la tranquillité et à l'économie
» dans les dépenses publiques, les électeurs
» sont invités à choisir des patentés ou au
» moins des citoyens partisans du régime
» industriel.

ARTICLE V.

» Un nouveau projet de loi sur les élec-
» tions sera présenté dans la session pro-
» chaine. »

SIRE,

Je crois que Votre Majesté ferait sagement de publier, en même temps que les
ordonnances précédentes, la proclamation
suivante :

LE ROI, A LA NATION.

» FRANÇAIS,

» Depuis 1789, on a discuté, à trois re-
» prises différentes, la question de la souve-
» raineté ; il a été fait beaucoup de métaphy-
» sique sur les droits de l'homme, on a
» cherché ensuite à établir que de grands
» services militaires rendus à une nation,
» donnaient le droit de la gouverner ; enfin,
» aujourd'hui

» aujourd'hui , on forge des argumens en
» faveur de la légitimité. -

» Une autre question a fortement occupé
» les esprits. On a cherché à déterminer
» comment les pouvoirs politiques devaient
» être divisés pour agir comme contre-poids
» à l'égard les uns des autres. On a cherché
» dans quelles limites chacun de ces pouvoirs
» devait être renfermé , et quelles devaient
» être les bornes générales de l'autorité des
» gouvernans sur les gouvernés.

» On a travaillé aussi à rendre distincte la
» classe des gouvernans et celle des gou-
» vernés, en fixant le revenu que devaient
» avoir les électeurs, et celui que les éligibles
» devaient posséder.

» Quant aux travaux de détail, ils ont été
» innombrables ; il a été fait un code civil,
» un code criminel, un code de procé-
» dure, etc., et une multitude de lois régle-
» mentaires, relativement à toutes les par-
» ties de l'administration.

» Enfin, huit constitutions différentes ont
» été produites et mises successivement en
» activité.

» Et, après tous ces travaux qui nous ont
» laborieusement occupés pendant 32 ans,
» nous sommes encore en pleine révolution,

H

» car le Gouvernement ne peut marcher
» qu'à l'aide des bayonnettes, et je suis
» obligé de me faire garder par des suisses.

» A quelle cause croyez-vous que nous de-
» vons attribuer la stérilité de nos combi-
» naisons ?

» Notre insuccès provient évidemment
» de ce que nous avons mal posé les ques-
» tions ; de ce que nous ne nous sommes pas
» placés au point de vue convenable pour en-
» visager les choses ; de ce que nous nous
» sommes occupés de la forme à donner au
» nouveau régime social, avant d'avoir ar-
» rêté les principes qui devaient lui servir
» de base.

» Les Européens sont dominés, dans ce
» moment, par des idées philosophiques qui
» sont fausses et vagues ; le systême politique
» qu'ils veulent établir et auquel ils donnent
» indifféremment les noms de régime cons-
» titutionnel, représentatif ou parlementaire,
» est un système bâtard qui tend à prolonger
» inutilement l'existence anti-scientifique
» et anti-industrielle des pouvoirs théologi-
» ques et féodaux.

» L'espérance qui existe en France depuis
» 1789, qu'une chambre composée de députés
» envoyés par toutes les parties du Royaume,

» découvrira les principes qui doivent servir
» de base à la nouvelle organisation sociale,
» qu'elle mettra en activité un système poli-
» tique proportionné à l'état des lumières,
» est complètement illusoire.

» La conception du nouveau système doit
» être unitaire, c'est-à-dire, cette conception
» doit être formée par une seule tête.

» Ce n'est point une assemblée que les
» Athéniens avaient chargée du soin de leur
» faire une constitution, c'est Lycurgue seul
» qui a combiné l'organisation sociale des
» Spartiates. Une assemblée est bonne pour
» maintenir une constitution établie, mais
» elle est, par sa nature de collection d'in-
» dividus, entièrement incapable de produire
» un système.

» FRANÇAIS !

» Mettons tout amour propre de côté,
» avouons-nous franchement et réciproque-
» ment de prince à nation, et de nation à
» prince, que nous avons fait, depuis 1789,
» de très-mauvaise besogne en politique.

» FRANÇAIS DES CLASSES SUPÉRIEURES !

» Nous avons eu la vue trop courte et le

» cœur trop dur ; nous nous sommes laissé
» dominer par l'égoïsme ; nous avons aban-
» donné la route que le divin fondateur du
» christianisme nous avait tracée. Les ques-
» tions qui auraient dû nous occuper, celles
» qui doivent fixer principalement notre at-
» tention, sont relatives aux intérêts de la
» majorité de la nation, et ces questions
» doivent être positives.

» Demandons-nous *quels sont les moyens*
» *d'accroître le plus promptement possible la*
» *valeur du territoire de la France?*

» Demandons-nous,
» *Quels sont les moyens d'accélérer les*
» *progrès des sciences d'observation?*

» *Comment on doit s'y prendre pour pro-*
» *curer aux enfans du peuple une instruc-*
» *tion plus étendue et plus solide que celle*
» *qu'ils ont reçue jusqu'à ce jour?*

» *Quelles sont les mesures à prendre pour*
» *procurer aux ouvriers la plus grande*
» *quantité de travail possible?*

» *Quels sont les moyens d'accroître la*
» *considération des hommes livrés à des tra-*
» *vaux utiles, et quels sont ceux de décon-*
» *sidérer les oisifs et ceux dont les travaux*
» *sont nuisibles ou inutiles à la société?*

» *Quelle serait l'organisation sociale qui*
» *assurerait le plus complètement la tran-*
» *quillité publique, et qui coûterait le meil-*
» *leur marché à la Nation?* »

» FRANÇAIS!

» La question de l'organisation sociale
» a été complètement éclaircie sous son rap-
» port le plus important ; il a été prouvé,
» d'une manière claire et précise ; il a été
» prouvé, par une démonstration établie
» sur des faits observés, sur l'analyse de
» la marche de la civilisation, que, dans
» l'état présent des lumières, c'était une
» conséquence directe du principe de morale
» donné aux hommes par le divin fondateur
» du christianisme, que le pouvoir spirituel
» fût dirigé par les savans positifs, et que le
» pouvoir temporel fût administré par les
» chefs des travaux industriels
» Il a été démontré qu'il résulterait néces-
» sairement de l'administration du pouvoir
» spirituel par les savans positifs, et du
» pouvoir temporel, par les chefs des tra-
» vaux industriels,
» Que la valeur du territoire de la France
» s'accroîtrait promptement ;
» Que les sciences d'observation se per-

» fectionneraient avec le plus de rapidité
» possible ;

» Que l'instruction publique serait immé-
» diatement améliorée ;

» Que la masse des travaux manuels serait
» considérablement augmentée ;

» Que la considération des hommes livrés
» à la direction des travaux les plus utiles,
» serait solidement établie.

» FRANÇAIS !

» Il est devenu évident que le seul moyen
» d'établir un régime social proportionné à
» l'état des lumières, consiste à placer le
» pouvoir spirituel entre les mains des sa-
» vans positifs, et le pouvoir temporel dans
» celles des chefs de l'industrie ; mais il est
» également clair qu'il n'est pas possible de
» faire passer subitement le pouvoir spirituel
» des mains des théologiens dans celles des
» savans positifs, et le pouvoir temporel des
» mains des nobles et des bourgeois oisifs
» dans celles des chefs de l'industrie. Il res-
» tait donc à faire une combinaison, ayant
» pour objet d'opérer la transition de l'an-
» cien au nouveau régime social.

» Trois mesures m'ont paru nécessaires
» pour opérer sagement cette transition.

» La première de ces mesures consiste à
» charger l'Institut de faire un projet d'ins-
» truction publique, et la Chambre de com-
» merce de Paris de former un projet de
» budjet;

» La seconde se borne à ma déclaration,
» que la Charte que je vous ai donnée ne
» doit point être considérée comme une
» constitution définitive, et qu'elle doit seu-
» lement être envisagée comme un régime
» transitoire;

» Enfin, la troisième de ces mesures est
» le renvoi de la Chambre actuelle, et l'appel
» immédiat d'une nouvelle Chambre, choi-
» sie d'après le mode d'élection du 5 fé-
» vrier 1817, lequel était plus favorable que
» le dernier, à l'exclusion des oisifs, ainsi
» que des fonctionnaires publics, et plus pro-
» pice à l'admission des industriels. »

« FRANÇAIS!

» Le plus grand service que la royauté
» puisse rendre à la nation, dans les circons-
» tances actuelles, est celui de se constituer
» elle-même en dictature chargée d'anéantir

» le régime féodal et théologique, et d'éta-
» blir le régime scientfique et industriel. La
» concentration momentanée de tous les
» pouvoirs politiques dans une seule main,
» est la mesure au moyen de laquelle cette
» transition peut s'opérer avec le plus de
» promptitude et de facilité. Le changement
» radical du système social ne peut s'effec-
» tuer que par des insurrections ou par la
» dictature; et il est incontestable que la
» dictature est un mal moindre que les in-
» surrections. L'exercice d'un pouvoir illi-
» mité dans les circonstances présentes,
» vous procurera de grands avantages, et il
» ne peut pas avoir de grands inconvéniens.
» Le but que le dictateur doit faire atteindre
» à la société, étant clairement déterminé,
» l'opinion publique ne lui permettrait pas
» de s'écarter de la route qu'il doit suivre.

» Une chose essentielle à remarquer, c'est
» que la dictature agira, en quelque façon,
» forcément sur la royauté; elle mettra cette
» institution en rapport avec les intérêts de
» la science et avec ceux de l'industrie; elle
» la dépouillera du caractère féodal et théo-
» logique dont elle est encore revêtue, et le
» Roi deviendra le premier des industriels,

» de même qu'il a été le premier des hommes
» d'armes de son royaume.

» FRANÇAIS,

» Travaillons avec zèle, chacun en ce qui
» nous concerne, à l'organisation du chris-
» tianisme définitif. Dieu nous a tracé la
» route que nous devons suivre ; nous n'a-
» vons qu'à marcher.

A SON EXCELLENCE

M. LE GARDE DES SCEAUX,

MONSEIGNEUR,

Dans un ministère incapable, vous êtes
le seul membre qui ait montré quelqu'élévation dans les idées ; malheureusement, vous
êtes légiste, et votre capacité philosophique
n'a reçu d'autre culture que l'éducation des
écoles de droit. Un homme de mérite y
acquiert le talent de plaider avec une égale
éloquence le pour et le contre, sur les questions même les plus importantes. Mais il y
perd, dans la même proportion, la faculté de
se faire une opinion personnelle et arrêtée ;
outre qu'il n'y acquiert ni les matériaux ni
les habitudes intellectuelles nécessaires pour
former une philosophie positive. Malgré cet
obstacle, il est néanmoins certain que vous
êtes le seul ministre, non-seulement aujour-
d'hui, mais depuis long-temps, qui se soit

quelquefois élevé, en politique, au-dessus
de la routine. Vous seul, parmi les chefs du
Gouvernement, pouvez comprendre les idées
que j'ai exposées au Roi dans cette adresse,
et les mesures que j'ai pris la liberté de lui
proposer. C'est donc à vous, Monseigneur,
que je dois m'adresser pour vous prier de
recommander cet écrit à l'attention de Sa
Majesté.

Monseigneur, la lutte politique existante
depuis le commencement de la révolution
n'a point encore pris son véritable caractère,
et telle est la cause fondamentale de toutes
les inquiétudes qu'éprouvent les Rois et les
Peuples.

Jusqu'à présent, cette lutte a été bâtarde,
car elle n'a existé essentiellement qu'entre
les classes oisives et parasites de la société.
Elle n'a eu d'autre objet direct que de décider, si l'exploitation des abus continuerait à
appartenir comme privilége aux gentilshommes et aux tonsurés, ou si elle serait
accordée par droit d'égalité aux militaires,
aux légistes et aux propriétaires fainéans,
qui ne sont pas nobles. Le corps de la nation,
c'est-à-dire, les producteurs, n'a pas encore
pris dans les débats une part directe et caractéristique. Il est resté en dehors de la lutte,

ou du moins, il n'y est entré qu'en qualité
d'auxiliaire appelé par les frélons roturiers.
Tel est le véritable état des choses, non-
seulement en France, mais en Italie, et généralement dans toute l'Europe occidentale.

Cette situation fausse et bâtarde ne peut
évidemment être durable. Les producteurs
n'attachent aucune importance à être pillés,
par telle classe de parasites plutôt que par
telle autre. Il est clair que la lutte doit finir
par exister entre la masse entière des parasites,
d'un côté, et la masse des producteurs, de
l'autre, pour décider si ceux-ci continueront
à être la proie des premiers, ou s'ils obtien-
dront la direction suprême d'une société qui
ne se compose plus aujourd'hui que d'eux
seuls, essentiellement. Cette question sera
résolue, aussitôt qu'elle aura été posée d'une
manière directe et nette, attendu l'immense
supériorité de force des producteurs sur les
non-producteurs.

Le moment où la lutte doit prendre son
vrai caractère, est actuellement arrivé. Le
parti des producteurs ne va pas tarder à se
montrer. Et même parmi les hommes que la
naissance a placés dans les classes parasites,
ceux qui ont le plus d'étendue dans l'esprit

et d'élévation dans l'ame , commencent à sentir que le seul rôle honorable qu'ils puissent jouer aujourd'hui, consiste à user de toute leur influence pour stimuler les producteurs à entrer en activité politique, et pour leur aider à obtenir dans la direction des affaires générales la prépondérance qu'ils ont acquise dans la société.

Plus le Gouvernement cherchera, Monseigneur, à retarder cet heureux et inévitable changement, plus il prolongera les dangers auxquels la maison de Bourbon se trouve exposée ; car, tant que vous resterez dans la lutte bâtarde , vous aurez nécessairement le dessous, ayant pris parti pour une classe de non-producteurs plus faible qu'aucune autre, et plus abhorrée des producteurs. Vous ne pouvez donc être victorieux qu'en changeant la nature du combat , en déterminant la lutte vraie , en vous mettant à la tête des producteurs contre la totalité des parasites. Vous avez la tête assez forte, Monseigneur, pour ne devoir pas vous effrayer des vaines tentatives des frélons , quand vous serez soutenu par les abeilles.

M. de Montlosier, qui passe pour votre conseiller, a produit , dans son dernier ouvrage , au milieu d'un chaos d'absurdités, deux grandes et fécondes vérités, qui suffisent pour vous faire apprécier toute la force et toute la justesse du plan de conduite exposé dans cette adresse.

Il a proclamé comme *axiomes politiques, fondamentaux, aussi positifs que ceux des sciences exactes* (ce sont ses propres expressions), les deux principes suivans, qui sont, en effet, les bases premières de toute saine politique :

« 1°. Tout corps qui se place dans une
» constitution d'État, pour être pouvoir
» politique, sans être préalablement pouvoir
» civil, n'aura ni consistance, ni durée ;

» 2°. Sans constitution écrite, un pouvoir
» civil, en cela seul qu'il est pouvoir civil,
» pourra exercer de fait, le pouvoir poli-
» tique. (1) »

Ces principes sont, sans doute, admis par vous, Monseigneur. Si vous en faites application, il vous sera très-facile d'établir une comparaison décisive entre le plan de conduite que vous avez adopté, et celui que je propose.

Les deux suppositions que j'ai mises en

<hr>

(1) *De la Monarchie française au 1er. janvier* 1821, chapitre 8, *de la Pairie*, page 127.

regard dans la première livraison de *l'Orga-nisateur*, me paraissent le moyen le plus propre à présenter le résultat de cette application dans sa plus grande généralité, et sous son jour le plus clair. Permettez-moi, Monseigneur, de vous en rappeler sommairement les conséquences.

Si la France perdait subitement les *trois mille* citoyens les plus distingués dans toutes les branches des sciences, des beaux-arts, et de l'industrie agricole, manufacturière et commerciale, elle deviendrait un corps sans ame; elle tomberait immédiatement dans un état d'infériorité vis-à-vis des nations dont elle est aujourd'hui la rivale; il lui faudrait au moins une génération entière pour se relever de cette subalternité.

Si, au contraire, on supposait que la France, conservant tous les hommes de génie qu'elle possède dans les sciences, dans les beaux-arts, et dans l'industrie, vînt à perdre le même jour les *trente mille* personnages, réputés les plus importans de l'Etat, parmi les fonctionnaires publics, les militaires, les légistes, les tonsurés, et les propriétaires fainéans, cette perte affligerait l'humanité française, mais il n'en résulterait aucun mal politique pour l'Etat; la nation conserverait le rang élevé qu'elle occupe entre les peuples civilisés. Les légers dérangemens qu'éprouverait la machine politique, et qui ne tiendraient qu'à la difficulté de changer tout-à-coup d'anciennes habitudes, seraient réparés à l'instant.

Monseigneur, ces résultats vous montrent, avec une évidence parfaite, où réside véritablement aujourd'hui le pouvoir civil. Et, si, comme l'a établi M. de Montlosier, le pouvoir civil est la seule base solide du pouvoir politique, il est pleinement démontré que la direction suprême de la société doit aujourd'hui passer des mains des non-producteurs dans celles des producteurs, c'est-à-dire, des savans, des artistes, et des industriels. Ainsi, le plan de politique exposé dans cette adresse, se trouve directement fondé sur un principe inébranlable, dont la vérité est reconnue et proclamée même par les hommes les plus prononcés en faveur de la marche vicieuse que le Gouvernement a adoptée.

De l'Imprimerie de Madame veuve PORTHMANN, rue Sainte-Anne, n. 43.

DU SYSTÊME

INDUSTRIEL.

(DEUXIÈME PARTIE.)

———◦———

A MM. LES DÉPUTÉS

QUI SONT INDUSTRIELS.

————

PREMIERE LETTRE.

———◦———

A PARIS,

CHEZ L'AUTEUR, rue de Richelieu, n°. 34,

ET CHEZ LES MARCHANDS DE NOUVEAUTÉS.

〰〰〰〰〰

1821.

A MM. LES DÉPUTÉS

QUI SONT INDUSTRIELS.

PREMIERE LETTRE.

MESSIEURS,

JE crois que vous pouvez faire tourner à votre profit, c'est-à-dire, à l'avantage de la classe industrielle, la conduite actuelle des ministres. Je me bornerai pour ce moment à vous présenter un aperçu de mon opinion à ce sujet, je développerai plus tard mes idées, relativement à cette question, dans mon travail général sur le système industriel.

Je commencerai par vous dire quelques mots des antécédens, cette espèce d'introduction est nécessaire pour éclaircir la question.

MESSIEURS,

Sous l'ancien régime, la société, ou si vous

I *

l'aimez mieux, la nation se trouvait divisée en trois grandes classes.

La première de ces classes se composait du clergé et de la noblesse.

La seconde renfermait les propriétaires oisifs qui n'étaient pas nobles, ainsi que les militaires d'origine roturière ; elle renfermait aussi tous les citoyens qui étaient attachés à l'ordre judiciaire, et tous ceux qui exerçaient d'autres professions réputées honorables.

La troisième classe contenait tous ceux qui exerçaient des professions dégradantes, telles que celles de manufacturiers, de négocians, de banquiers, etc., en un mot, toute l'industrie, ceux qui dirigeaient les travaux productifs, et ceux qui les exécutaient.

MESSIEURS,

C'est la classe intermédiaire qui a provoqué la révolution, et c'est elle qui l'a dirigée jusqu'à l'instant où le Roi est remonté sur le trône. Ce fait est trop bien constaté, il est trop généralement connu pour qu'il soit nécessaire de l'appuyer d'aucune preuve.

La classe intermédiaire s'est montrée très-populaire tant qu'elle a eu besoin de l'appui des industriels, pour secouer le joug du clergé et de la noblesse, mais dès le moment qu'elle est parvenue à dominer la féodalité Européenne au moyen du puissant appui que vous et vos ouvriers lui avez prêté, on l'a vu travailler avec ardeur à recréer pour elle les titres de noblesse qu'elle avait fait supprimer ; elle a mis un bourgeois sur le trône, elle a réorganisé une cour composée de nouveaux seigneurs, ayant toute l'insolence qui forme le caractère distinctif des parvenus, elle a rétabli pour son profit, les places inutiles qui avaient été anéanties ; enfin, elle a fait revivre tous les anciens abus, et elle les a exploités pour son propre compte.

Voyons maintenant ce qui s'est passé depuis la rentrée du Roi.

D'une part, l'ancien clergé et l'ancienne noblesse se sont représentés avec leurs anciennes prétentions, d'un autre côté, la classe intermédiaire a fait valoir près de S. M., comme des droits, les priviléges qu'elle s'était attribués pendant le cours de la révolution. Or le Roi ayant accueilli les prétentions de la seconde classe, ainsi que celles de la première, il en est résulté que depuis la publication de la Charte, il se trouve cette différence entre la position des industriels et celle dans laquelle ils étaient avant la révolution, c'est qu'avant 1789, la classe intermédiaire était un soutien pour la classe industrielle contre le clergé et contre la noblesse, et qu'il existe aujourd'hui deux clergés et deux noblesses qui pèsent en même temps sur elle.

En un mot, Messieurs, le Roi a conservé les deux noblesses, tandis qu'il aurait dû les supprimer toutes les deux. Le Roi a certainement commis dans cette occasion une faute politique très-grave, mais il a cherché depuis à la réparer et il y serait parvenu, si vous aviez franchement secondé ses efforts ; mais examinons les faits, leur langage est toujours préférable à celui du raisonnement.

MESSIEURS,

L'année d'après la rentrée du Roi, en 1815, votre Chambre s'est trouvée dominée par l'ancienne noblesse, les meneurs de cette Chambre ont tenté d'établir en leur faveur, le gouvernement oligarchique, d'une part ils ont essayé de soumettre le pouvoir royal à leur tutelle, et d'un autre côté ils ont traduit la nation à leur propre tribunal ; leur intention était de considérer comme un crime les efforts qu'elle avait fait pour établir un gouvernement qui lui coûtât meilleur marché que l'ancien ; leur intention était de la condamner à de grosses indemnités à leur profit.

Le Roi, qui ne voulait pas être mis en tutelle, a dissout ce parlement et il a rendu une ordonnance qui appelait aux élections les patentés payant trois cents francs d'impositions.

S. M. s'imaginait que la troisième classe sentirait l'intérêt qu'elle avait à se liguer avec le pouvoir royal, contre les prétentions des deux premières classes à la domination et contre leur avidité ; elle espérait que la troisième classe lui fournirait les moyens de réparer la faute qu'elle avait commise en reconnaissant les deux noblesses et en constituant de cette manière la prépondérance des classes oisives sur la classe travaillante ; en un mot, le Roi était convaincu que les patentés ne donneraient leurs voix qu'à des hommes franchement industriels.

L'expérience a prouvé à S. M. qu'elle avait conçu une opinion trop avantageuse de la capacité philosophique acquise par les industriels, en se figurant que dès ce premier appel, ils sentiraient l'avantage pour eux de secouer le joug qui leur avait été imposé par les bourgeois pendant le cours de la révolution et à se liguer avec le pouvoir Royal contre les deux premières classes, car la majeure partie des voix des patentés a été donnée à des membres de la seconde classe, particulièrement à ceux qui avaient trahi les industriels de la manière la plus scandaleuse, en servant l'ambition de Bonaparte.

MESSIEURS,

Il nous reste (sans sortir des idées préliminaires) à considérer ce qui s'est passé depuis la loi d'élection, favorable aux travailleurs, jusqu'à la promulgation de celle qui a constitué la prépondérance des oisifs.

Le fait que je vais vous exposer blessera votre amour propre, mais ce fait est exact, il vous est important de le connaître ; ainsi je dois vous le présenter et vous engager à en faire l'objet de vos méditations. Le caractère de ma mission est de dire la vérité toute entière ; je ne consentirais pas plus à devenir le flatteur des industriels, qu'à jouer ce rôle déloyal à l'égard des princes, des nobles, ou des bourgeois.

La vérité est que depuis la rentrée du Roi, vous n'avez eu qu'une existence très-subal-

terne dans le parti libéral, la vérité est que
vous n'avez été que les confidents, ou plutôt
que les instrumens des nouveaux nobles, en
un mot, la vérité est que le parti libéral a été
dirigé par les bonapartistes (1).

Oui, Messieurs, le parti libéral a été dominé par les bonapartistes au dedans et au
dehors de votre Chambre, depuis la promulgation de la loi qui a appelé les patentés aux
élections, jusqu'à la publication de celle qui
a constitué la prépondérence des oisifs, et
les meneurs de ce parti ont constamment eu
pour but d'expulser les Bourbons, et de placer sur le trone le fils du bourgeois Bonaparte, dans l'espérance d'occuper des places
importantes à sa Cour, et d'exploiter de nouveau l'ancien régime à leur profit. Au surplus, ce fait très-remarquable, n'a point

---

(1) J'entends par bonapartistes tous ceux qui ont
facilité à Bonaparte les moyens de monter sur le trône ;
tous ceux qui ont composé sa cour ; tous ceux qui ont
servi ses projets ambitieux ; tous ceux qui ont approuvé
la direction fausse et rétrograde que ce général a
donnée à la révolution française, en inspirant à la
nation l'esprit militaire et la passion des conquêtes,
en la rendant oppressive à l'égard des autres peuples
avec lesquels elle s'était engagée solemnellement à
faire cause commune.

étonné l'homme possédant une véritable capacité politique, il n'a vu dans le Bonapartisme que l'esprit de la seconde classe précisé, et il n'a point trouvé extraordinaire que la troisième classe se soit laissé mystifier deux fois de suite par la seconde, puisqu'elle n'avait été mise en garde par les philosophes du dix-huitième siècle que contre l'injuste domination de la première.

Cependant, Messieurs, je ne peux pas vous dissimuler que dans cette occasion les industriels ont commis une faute politique énorme, car c'est eux qui ont fourni au ministère actuel les moyens d'établir le régime arbitraire qu'il a constitué, en ne soutenant point la famille royale contre les machinations de la seconde classe.

Je ne m'exprimerais pas avec tant de franchise sur la faute qui a été commise par les industriels en général, et plus particulièrement encore par vous, Messieurs, si je n'avais pas découvert le moyen de remédier au mal que vous vous êtes fait, mais je vous déclare positivement que vous pouvez être tranquilles, je connais à fond la maladie politique que vous vous êtes donnée, je connais le remède et je me sens en état de vous traiter et de vous guérir.

J'ai encore une autre déclaration à vous faire, c'est que je ne regarde point les bonapartistes comme des hommes dont l'esprit soit attaqué d'une maladie incurable. Ce sont en général des hommes dont le moral est vigoureux, et qui sont, par leur constitution, susceptibles de se porter avec plus d'ardeur vers un but louable, que vers le but blamable qu'ils avaient adopté sans avoir suffisamment réfléchi quel serait le résultat final de leurs efforts pour la classe des producteurs.

MESSIEURS ,

Ici se termine mon introduction. Dans une seconde lettre que je prendrai la liberté de vous adresser incessamment, j'examinerai les trois questions suivantes :

1°. *Quelle conduite le ministère actuel aurait-il dû tenir ?*

2°. *Quel système politique le ministère a-t-il adopté ?*

3°. *Quelle marche devez-vous suivre pour faire tourner au profit des industriels les combinaisons du ministère ?*

Je n'ai pas cru devoir traiter ces questions dans la présente lettre, j'aurais craint qu'il en résultât une trop grande cumulation d'idées.

MESSIEURS,

Je vous prie de remarquer que les observations que je viens de vous présenter sont neuves, qu'elles sont très - importantes, qu'elles tendent directement à renverser l'opinion la plus généralement admise, *que le plus grand bonheur de la société serait d'être dirigée par la seconde classe, qu'on a nommé la classe intermédiaire*; qu'elles méritent par conséquent d'être examinées par vous séparément et préliminairement.

Il est d'autant plus essentiel, Messieurs, que vous jugiez préalablement ces observations, que ce sont elles qui serviront de base aux raisonnemens que je vous soumettrai dans les lettres suivantes, lesquelles seront au nombre de quatre, avant la fin de la présente session.

J'ai l'honneur d'être,

Messieurs,

Votre très-humble et très etc.

HENRY SAINT-SIMON.

Rue de Richelieu, n°. 34.

POST-SCRIPTUM.

Je me suis exprimé dans cette lettre avec
toute franchise sur l'esprit des différentes
classes, mais je n'ai parlé d'aucune opinion
individuelle : ainsi, cet écrit n'est offensant
pour personne ; j'ajouterai à cette observation, que c'est, jusqu'à ce jour, des premières
classes de la société que sont sortis ceux qui
ont servi avec le plus de zèle les intérêts généraux des travailleurs.

MM. Comte et Dunoyer appartiennent à
la seconde classe, puisqu'ils sont avocats ; et,
cependant, ils se sont sacrifiés pour mettre
en évidence l'incapacité des deux premières
classes pour faire le budget et pour diriger
les affaires publiques.

Le hasard de la naissance m'avait placé
dans la première classe, et on ne peut cependant pas me reprocher le manque de vigueur dans le plaidoyer que j'ai entrepris
pour faire valoir les droits des producteurs.

Les ministres sont fortement stimulés, par
la nature de leurs occupations, à désirer
l'arbitraire ; cependant Turgot et Malesherbe

ont été de vrais modèles, sous le rapport du libéralisme.

Enfin, Henri IV, quoique placé sur un trône qu'il avait conquis, est peut-être le Français qui a été le plus véritablement populaire, tandis qu'il existe aujourd'hui quantité d'industriels qui se sont affublés des sobriquets de comte ou de baron.

MESSIEURS,

Un mot remarquable est sorti de la bouche du Roi, lorsqu'il est rentré en France, le voici :

Peu de lumières mènent à l'erreur, plus de lumières conduisent à la vérité.

Ce mot heureux qui ne pouvait sortir que de la bouche d'un véritable philantrope, peut être appliqué de la manière suivante, aux circonstances actuelles.

En politique, peu de lumières (c'est-à-dire des observations purement critiques) nous ont mené à une révolution, plus de lumières (c'est à-dire des conceptions organiques) conduiront la nation au retour complet de la tranquillité par l'établissement d'une constitution proportionnée à l'état de la civilisation.

Oui, Messieurs, c'est par la raison que la

nation s'est mise politiquement en action
sur un simple aperçu, qu'elle a ôté le pouvoir au clergé et à la noblesse pour le confier aux avocats et aux militaires roturiers,
c'est par la raison que la nation s'est mise en
action sur une opinion purement critique,
qu'il est arrivé de grands malheurs aux Français de toutes les classes. Cette faute a livré
les pauvres à la famine et les riches à la
guillotine.

La nation finira nécessairement par se
former une opinion politique complète,
c'est-à-dire, après bien des expériences mal-
heureuses et en résultat de ces mêmes expériences, elle concevera le moyen de se réorganiser d'une manière conforme à l'état présent de la civilisation, alors elle placera les
producteurs en première ligne, alors elle in-
vestira les chefs des travaux industriels du
pouvoir de faire le budget, alors tout ren-
trera dans l'ordre, et l'ordre des choses qui
s'établira, sera infiniment préférable à celui
qui existait avant la révolution. Les hommes
seront aussi heureux que leur nature puisse
le comporter, et la science politique aura
réalisé ce que, jusqu'à ce jour, on n'avait
considéré que comme une utopie.

Je terminerai, Messieurs, en vous rappelant un mot de Franklin qui est généralement connu, et que j'ai eu la satisfaction de lui entendre dire personnellement :

Les querelles politiques (ou autres) ne sont que des malentendus, les méchancetés ne sont que des actes d'ignorance.

C'est par l'effet de notre ignorance politique que nous sommes en lutte les uns avec les autres, au lieu de combiner nos forces pour agir sur la nature, de manière à en obtenir plus abondamment les moyens de satisfaire nos besoins.

Peu de lumières en politique font naître l'irritation, l'égoïsme et la violence ; plus de lumières feront éclore des vues conciliatrices, le sentiment des avantages qui résultent pour chacun de vivre en société, et le véritable amour du prochain.

Imprimerie de Mad. Vᵉ. PORTHMANN, rue Sᵗᵉ.-Anne, Nᵒ. 43.

DU SYSTÊME

INDUSTRIEL.

(DEUXIÈME PARTIE.)

———◦———

A MM. LES DÉPUTÉS

QUI SONT INDUSTRIELS.

———

DEUXIEME LETTRE.

———◦———

A PARIS,

Chez l'Auteur, rue de Richelieu, n°. 34.

~~~~~~~~~

1821.

A MM. LES DÉPUTÉS

QUI SONT INDUSTRIELS.

DEUXIEME LETTRE.

MESSIEURS,

JE me suis engagé, dans ma lettre précédente, à vous dire mon opinion sur les trois questions suivantes :

1°. *Quelle conduite le ministère actuel aurait-il dû tenir ?*

2°. *Quel systême de politique le ministère a-t-il adopté ?*

3°. *Quelle marche devez-vous suivre pour faire tourner les combinaisons ministérielles au profit des industriels ?*

Je remplirai plus tard la totalité de cet engagement ; mais je me bornerai, pour aujourd'hui, à vous parler de la première de ces trois questions. Ce que j'ai à vous dire à ce

2 [*]

sujet, mérite de fixer pour le moment votre attention toute entière. Vous y trouverez la clef de tout ce que j'ai à vous dire et de tout ce qu'il faut faire. Ce sont les mêmes idées que je vous présenterai dans les lettres suivantes ; il n'y aura d'autre différence que le point de vue auquel je vous placerai pour les examiner.

MESSIEURS ,

Je crois que M. de Richelieu, à l'époque où il a accepté la présidence du ministère actuel, aurait dû commencer ses travaux administratifs, en faisant à SA MAJESTÉ le rapport suivant sur la situation politique de la France, et sur l'usage qui devait être fait du pouvoir royal en pareilles circonstances.

Il m'a paru que cette manière de vous présenter mon opinion *sur la conduite que le ministère actuel aurait dû tenir*, la rendrait plus saillante, plus nette et plus facile à juger.

Je crois donc, Messieurs, que M. de Richelieu aurait dû faire à SA MAJESTÉ le rapport suivant :

SIRE ,

« Depuis la rentrée en France de VOTRE

» Majesté, l'ancienne noblesse a mani-
» festé clairement ses intentions, elle a pro-
» clamé le but politique qu'elle se propo-
» sait d'atteindre, elle a tenté d'établir à
» son profit le gouvernement oligarchique.

» Cette classe de vos sujets est vraiment
» incorrigible ; car, mon aïeul, le cardinal de
» Richelieu, l'a fait décimer, et il a exilé en-
» suite ses membres les plus importans dans
» leurs châteaux, pour faire cesser les en-
» traves qu'ils mettaient à l'action du Gou-
» vernement et à l'amélioration du sort des
» peuples ;

» Car, la nation a expulsé ces fainéans or-
» gueilleux de son territoire, lorsqu'elle a
» voulu mettre de l'économie dans ses dé-
» penses et accroître l'activité de ses pro-
» ductions.

» Et, après ces deux terribles punitions,
» cette même noblesse se présente à Votre
» Majesté et à son peuple, encore animée
» du même esprit; elle reproduit les mêmes
» prétentions ; elle aspire à dominer le
» trône, elle veut soumettre la société toute
» entière à un régime arbitraire dont elle se
» réserve la suprême direction.

» Sire,

   » Les institutions, de même que les indi-
» vidus, ont leur jeunesse, leur âge mûr et
» leur vieillesse ; de même que les individus,
» elles sont destinées à s'anéantir et à être
» remplacées par de nouvelles qui ont pris
» naissance et qui ont acquis de la force
» sous la protection tutélaire de celles qui
» les ont précédées. L'ancienne noblesse est
» une institution surannée, elle ne rend plus
» de services à la société, elle lui est à
» charge, ainsi elle doit être anéantie ; et,
» quels que soient les efforts que Votre
» Majesté, ou même que la Nation voulût
» faire pour soutenir cette institution usée,
» son existence ne pourrait être prolongée
» que de quelques instans, le progrès des
» lumières et la tendance de la population à
» se débarrasser de ce qui lui est nuisible,
» termineront nécessairement, avant peu de
» temps, sa languissante existence. Je vais
» entrer à ce sujet dans quelques détails.
   » Jusqu'à la découverte de la poudre à
» canon, l'ancienne noblesse a dû exercer
» de grands pouvoirs politiques, parce qu'elle
» rendait de grands services à la société ; elle
» devait se trouver à la tête de la Nation,

» parce qu'elle était la classe conservatrice
» de l'existence nationale. La noblesse était
» alors la classe la plus laborieuse qu'il y
» eût en France ; une éducation spéciale ,
» commencée dès l'enfance , était nécessaire
» pour former un homme d'arme , et tout
» homme d'arme devait se tenir continuel-
» lement en haleine ; il devait , pour mériter
» d'être classé honorablement parmi les che-
» valiers , rompre journellement des lances
» contre des murs , s'il n'avait personne à
» combattre.

» Mais , depuis la découverte de la poudre
» à canon , les droits politiques de la no-
» blesse ont successivement disparu par l'ef-
» fet de la cessation de son utilité ; ils ont été
» anéantis par la découverte de la poudre à
» canon , attendu que les *vilains* se sont
» trouvés , par l'effet de cette découverte ,
» aussi capables que les nobles de défendre
» le territoire national. Cette vérité a été
» sentie par le chevalier Bayard , qui , par
» cette raison , avait pris en aversion les
» porteurs de mousquets.

» Enfin , aujourd'hui , la plus grande de
» toutes les expériences militaires qui ait ja-
» mais été faite , a prouvé qu'une éducation
» spéciale n'était plus nécessaire pour acqué-

» rir la capacité des armes ; elle a prouvé
» que trois mois d'exercice suffisaient pour
» rendre excellent soldat tout homme ha-
» bitué à la fatigue, et qu'en trois campagnes,
» un bon soldat pouvait devenir un général
» très-distingué.

» SIRE,

» Je conclurai cette première partie de
» mon rapport, en déclarant à VOTRE MA-
» JESTÉ que je suis entièrement convaincu
» que son intérêt exige qu'elle supprime
» l'ancienne noblesse.

» SIRE,

» Ainsi que je viens de le dire à VÔTRE
» MAJESTÉ, l'ancienne noblesse ne possède
» plus, exclusivement aux autres classes de
» citoyens, la capacité de défendre le ter-
» ritoire ; ainsi elle ne peut pas fonder ses
» prétentions à être classe privilégiée sur sa
» capacité militaire exclusive.
» Pendant le cours de la révolution, la
» Nation française a été attaquée en même
» temps par toutes les troupes soldées qui
» existaient en Europe ; elle a dû faire des
» efforts prodigieux pour résister à cette

» attaque ; et en effet, tous les citoyens
» ont pris les armes , elle a mis sur pied
» quatorze armées, elle a inventé une nou-
» velle tactique , et un nouveau genre de
» capacité militaire a été acquis par ceux
» qui ont défendu le territoire.

» L'ancienne noblesse, à très - peu d'ex-
» ceptions près, n'a point pris les armes con-
» tre les étrangers ; et, par conséquent, elle
» n'a point participé aux derniers progrès
» de l'art militaire ; elle est encore guidée
» dans ce genre de travaux par l'ancienne
» routine : ainsi elle est devenue inférieure,
» sous le rapport de la capacité militaire, à
» ceux qui ont fait les dernières guerres. Sa
» prétention à jouer le premier rôle dans la
» société , en qualité de caste militaire, est
» donc devenue absurde.

» SIRE ,

» J'ajouterai à ce que je viens de dire que
» les progrès des lumières ont changé les
» rapports politiques qui existaient entre les
» Nations. Les rivalités entre elles ne sont
» plus essentiellement militaires, elles sont
» principalement industrielles ; leur amour
» propre ne consiste plus à posséder l'armée
» la plus belle et la plus nombreuse ; leurs

» désirs sont devenus beaucoup plus raison-
» nables et beaucoup plus pacifiques ; elles
» luttent à qui produira le plus, à qui manu-
» facturera le mieux, à qui vendra ses pro-
» duits à meilleur marché ; de manière que la
» classe militaire ne peut plus prétendre qu'à
» une considération secondaire, et que l'an-
» cienne noblesse ne peut plus prétendre
» même, dans ce genre, à aucune espèce de
» considération.

» Après avoir envisagé les prétentions de
» l'ancienne noblesse sous le rapport mili-
» taire, je vais les considérer sous le rapport
» civil. Autrefois les nobles habitaient leurs
» châteaux ; ils faisaient valoir leurs domaines,
» et ils avaient, par cette raison, dans l'Etat,
» une grande importance industrielle, puis-
» qu'ils étaient adonnés à la culture, qui est
» la première de toutes les industries.

» Aujourd'hui, presque toute l'ancienne
» noblesse habite Paris, elle afferme ses
» terres, et elle alimente son luxe bien plus
» avec les appointemens et les gratifications
» qu'elle obtient de VOTRE MAJESTÉ, qu'avec
» le produit de ses domaines.

» En un mot, ce n'est plus l'ancienne no-
» blesse qui dirige ni les travaux militaires,
» ni les travaux pacifiques de la Nation ; elle

» n'est plus qu'une superfétation politique ;
» ainsi ses prétentions à occuper le premier
» rang dans la société et à jouir du privilége
» exclusif de gouverner la Nation , sont
» aujourd'hui plus qu'absurdes , puisqu'elles
» sont devenues tout à fait ridicules.

» SIRE,

» Les considérations que je viens de vous
» présenter ne sont que matérielles ; je vais
» me placer à un point de vue plus élevé
» pour envisager l'opinion de la Nation
» française sur l'ancienne noblesse.

» La Nation française a fait beaucoup de
» folies pendant le cours de sa révolution ;
» elle a, entr'autres, commis la faute énorme
» de s'exalter pour la gloire militaire et de
» faire des conquêtes à une époque où la
» passion de la production est la seule qui
» puisse procurer une satisfaction durable et
» une prospérité générale et solide ; mais,
» attendu qu'elle tient à l'humaine nature et
» qu'elle participe à l'humaine faiblesse, elle
» voit de mauvais œil tous ceux qui n'ont
» point été ses compagnons à l'époque de
» ses brillans succès, et elle éprouve une
» véritable aversion pour les émigrés.

» SIRE,

» Voilà l'état positif des choses : mon
» devoir , comme président du conseil des
» ministres, était d'en mettre le tableau exact
» sous les yeux de VOTRE MAJESTÉ, qui adop-
» tera , j'espère , la conclusion de cette pre-
» mière partie de mon rapport, et qui, en con-
» séquence , suprimera l'ancienne noblesse.

» SIRE,

» Je suis entièrement convaincu que votre
» gloire, que la sûreté de votre Dynastie , et
» que l'intérêt des producteurs exigent que
» vous supprimiez l'ancienne noblesse ; mais
» je ne me dissimule point qu'un grand obs-
» tacle s'oppose à l'adoption de cette mesure.

» *Quel est l'obstacle qui s'oppose à la*
» *suppression de la noblesse ?*

» *Quel est le moyen de surmonter cet*
» *obstacle ?*

» Voilà, SIRE, les deux questions dont
» l'examen terminera cette première partie
» de mon rapport.

» Je réponds à la première de ces ques-
» tions.

» L'obstacle qui s'oppose à la suppression
» de la noblesse ne vient certainement pas

» de la Nation, car tous les Français qui ne
» sont pas nobles, sont convaincus que la
» noblesse est une institution surannée ; ils
» sont convaincus que cette institution ne
» leur est plus d'aucune utilité, qu'elle leur
» est, au contraire, très-onéreuse, et nui-
» sible sous tous les rapports.

» Si l'obstacle ne vient pas de la Nation,
» il faut nécessairement qu'il vienne de
» VOTRE MAJESTÉ; car il n'existe en France
» que deux grands pouvoirs politiques ;
» savoir : le vôtre et celui de la Nation.

» La vérité est que l'obstacle à la suppres-
» sion de la noblesse vient de VOTRE
» MAJESTÉ ; c'est-à-dire qu'il vient de
» l'éducation qu'elle a reçue, de ses habitudes
» contractées depuis que son éducation est
» terminée, et de la bonté de son cœur.

» On vous a inculqué dans votre jeune
» âge, comme principe fondamental de la
» politique, que la noblesse était le principal
» soutien du trône, et qu'en conséquence,
» vous deviez vous considérer comme le
» premier gentilhomme de votre royaume.

» Votre auguste personne a toujours été
» exclusivement entourée par des nobles ;
» ainsi, vous n'avez jamais pu voir que par

» les yeux des nobles, et vous n'avez pu vous
» lier d'amitié qu'avec des nobles.

» Et enfin, une grande partie de la noblesse
» vous a accompagné en pays étrangers et
» a partagé vos malheurs, d'où il est résulté
» presque nécessairement que vous vous con.
» sidérez comme obligé de faire cause com-
» mune avec elle.

» Ce sont les dispositions personnelles de
» Votre Majesté, sous ces trois rapports,
» qui constituent l'obstacle énorme qui s'op-
» pose à la suppression de la noblesse.

» Je vais examiner les moyens de surmon-
» ter cet obstacle.

» SIRE,

» C'est dans la bonté de votre cœur que
» se trouve le mal et le remède, c'est dans
» la bonté de votre cœur que se trouve
» l'obstacle qui s'oppose à la suppression de
» la noblesse, c'est aussi dans la bonté de
» votre cœur que se trouve le moyen de sur-
» monter cet obstacle.

» SIRE,

» Il n'y a qu'une manière de bien aimer les
» gens, c'est de les aimer pour eux-mêmes et

» dans leur intérêt, c'est de travailler à leur
» faire du bien, c'est de s'occuper de l'amé-
» lioration de leur sort. Telle est la manière
» dont les hommes généreux aiment leurs
» amis, telle est à coup sûr la manière dont
» Votre Majesté aime les nobles auxquels
» elle a accordé sa royale affection.

» La question se réduit donc à savoir
» (sous ce rapport, qui est le plus positif)
» quel est le service le plus grand que Votre
» Majesté puisse rendre à l'ancienne no-
» blesse.

» Or, la noblesse est en lutte avec la
» Nation ; cette lutte se terminera néces-
» sairement par l'anéantissement de l'insti-
» tution de la noblesse, car les producteurs
» sont aujourd'hui les plus forts, et leurs
» forces augmentent tous les jours, tandis
» que celles de la noblesse diminuent con-
» tinuellement.

» L'anéantissement de l'institution de la
» noblesse aura donc nécessairement lieu
» un peu plutôt ou un peu plus tard ; mais ce
» changement dans l'organisation sociale
» peut s'opérer de deux manières très-dif-
» férentes. La suppression peut avoir lieu
» forcément ou volontairement de la part
» des nobles, avec leur consentement, ou

» contre leur gré. Dans le premier cas , les
» nobles n'ont aucune indemnité à espérer ;
» dans le second, ils peuvent obtenir un dé-
» dommagement.

» Oui , SIRE , les nobles peuvent obtenir
» une somme , et même une somme impor-
» tante des producteurs , en échange de leur
» renonciation volontaire et complète au
» droit de former une première classe dans
» la Nation , au droit d'administrer les
» intérêts généraux de la société , au droit
» de donner la direction à l'activité natio-
» nale.

» Si VOTRE MAJESTÉ veut faire prendre
» à la noblesse ce parti , le seul qui puisse
» lui faire tirer encore quelques avantages
» des services que ses ancêtres ont rendus à
» la Nation , je me charge de cette négocia-
» tion vis-à-vis des producteurs , et je puis
» vous en garantir d'avance le succès.

» Voici la manière dont je m'y prendrai.

» J'assemblerai toutes les chambres de
» commerce de France , et je leur tiendrai
» ce langage :

» MESSIEURS,

» Il n'y a de bonnes transactions que celles
» qui sont faites à l'amiable, il n'y a de con-

trats

» vraiment obligatoires, de contrats solides,
» que ceux qui sont synallagmatiques, la
» seule bonne manière de terminer une
» querelle quelconque, est de déterminer
» toutes les parties intéressées à faire des sa-
» crifices.

» La plus belle, la plus utile, et la plus so-
» lide en même temps que la plus impor-
» tante des opérations politiques qui ayent
» jamais été faite, a été le rachat des com-
» munes ; c'est en se rachetant que les
» communes se sont affranchies: nous som-
» mes dans des circonstances pareilles à cer-
» tains égards, il faut procéder de la même
» manière, ou plutôt c'est le rachat des
» communes qu'il faut terminer.

» Le premier rachat a soustrait les indus-
» triels à l'action personnelle et arbitraire
» que les nobles exercaient sur eux. Mais il
» est resté aux nobles un pouvoir collectif
» qu'ils exercent sur la masse des produc-
» teurs, c'est, dans la réalité, eux qui votent
» l'impôt, c'est, dans la réalité, eux qui en
» dirigent l'emploi. C'est ce pouvoir énorme
» qui leur reste encore que je vous conseille
» de racheter.

» Jusqu'à présent l'insurrection contre l'an-
» cien régime a été mal dirigée, car elle n'a

2

» été dirigée ni dans votre intérêt, ni dans
» celui de la royauté. Les meneurs de cette
» insurrection ont été des avocats ou des
» militaires, je ferais mieux de dire des
» avocats et des militaires. Or, la ten-
» dence des avocats est de plaider, celle des
» militaires est d'user de moyens violens
» pour atteindre leur but, et ni l'une, ni
» l'autre de ces deux manières de procéder
» ne sont propres à établir une bonne orga-
» nisation sociale. Depuis long-temps vous
» auriez dû vous mettre en avant et manifester
» une opinion politique qui nous fût person-
» nelle. La tendance de l'industrie est d'agir
» toujours par voie de conciliation, et cette
» tendance est la seule propre à terminer la
» révolution.

» Une autre grande faute a été commise,
» c'est qu'on n'a point considéré les choses
» d'une assez grande hauteur.

» Si l'on s'était placé à un point de vue suf-
» fisamment élevé pour embrasser d'un seul
» coup-d'œil toute la marche de la civili-
» sation, on aurait reconnu que, dans l'é-
» tat d'ignorance où se trouvaient nos pères,
» les querelles intérieures et extérieures
» devaient être très-fréquentes; que, par
» conséquent, les hommes exercés à se

» battre devaient jouer le premier rôle , et
» qu'ils devaient être investis du pouvoir ;
» on aurait également reconnu que l'indus-
» trie (essentiellement ennemie des que-
» relles) ayant acquis une grande impor-
» tance, le goût des querelles avait diminué,
» que l'utilité des hommes exercés à se battre
» n'était plus aussi grande , qu'il en résultait
» que le pouvoir devait être confié aux pro-
» ducteurs , et que nécessairement l'usage
» que les producteurs feraient du pouvoir ,
» anéantirait complètement la tendance que
» les hommes avaient eu à employer les
» moyens violens , ou , au moins , qu'il en
» résulterait nécessairement que les que-
» relles deviendraient extrêmement rares,
» de manière que les militaires ne pour-
» raient jamais être que d'une utilité se-
» condaire.

» En un mot , Messieurs , le but de la ré-
» volution aurait dû être , il doit être de
» faire passer le pouvoir des mains des sa-
» breurs dans celles des producteurs , des
» mains des parleurs dans celles des admi-
» nistrateurs.

» Or, Messieurs, c'est vous qui êtes les pro-
» ducteurs , c'est vous qui possédez la capa-
» cité en administration ; l'affaire de la ré-

» volution vous est donc absolument per-
» sonnelle, et il est impossible qu'elle se
» termine sans que vous vous en mêliez,
» sans que vous vous mettiez personnelle-
» ment en avant pour l'achever.

» **MESSIEURS,**

» *Je vous engage à présenter une adresse*
» *au ROI et à déclarer, dans cette adresse,*
» *à SA MAJESTÉ :*

» 1°. *Que vous n'avez point approuvé*
» *l'insurrection qui a eu lieu en 1789 ; que*
» *vous avez également improuvé la conduite*
» *qui a été tenue par ceux qui ont dirigé la*
» *force populaire pendant tout le cours de la*
» *révolution, attendu qu'ils ont toujours em-*
» *ployé la violence, tandis qu'ils auraient*
» *dû se servir des moyens de conciliation,*
» *surtout depuis que la supériorité de leurs*
» *forces a été constatée ;*

» 2°. *Que votre intention, en vous adres-*
» *sant à SA MAJESTÉ, est de lui déclarer que*
» *vous êtes disposés à faire tous les sacrifices*
» *pécuniaires qui seront nécessaires pour réta-*
» *blir la tranquillité en terminant la révolu-*
» *tion d'une manière qui satisfasse tous les*
» *Français qui ne sont pas assez extrava-*
» *gans pour vouloir lutter directement contre*

» les progrès des lumières et de la civili-
» sation ;

» 3°. Que vous suppliez SA MAJESTÉ de
» nommer une commission composée des six
» cultivateurs, des trois manufacturiers, des
» trois négocians, et des trois banquiers les plus
» riches et les plus généralement estimés ; que
» vous la conjurez de charger cette commis·
» sion de lui présenter le projet d'adminis-
» tration et d'emploi des deniers publics qui
» lui paraîtra le plus favorable à la pro-
» duction ;

» 4°. Que vous avez été profondément
» affligé des malheurs et des chagrins que la
» maison de Bourbon a éprouvé depuis
» 1789 ; que vous priez SA MAJESTÉ de con-
» sidérer que la révolution a pesé sur toutes
» les classes de la société, et que la meilleure
» manière d'effacer les chagrins qu'elle a
» causé à tous les Français, est de travailler
» à garantir les générations suivantes d'une
» pareille calamité, en établissant à l'a-
» miable le régime le plus favorable à la
» production, puisque ce régime est réclamé
» aujourd'hui par l'état des lumières et de la
» civilisation ;

» 5°. Enfin, que vous formez des vœux
» pour que la monarchie française, après

» avoir duré 1,400 ans, le Roi de France, se
» regardant comme le premier soldat de son
» royaume, dure 1,400 autres années; le
» Roi de France se considérant comme le
» premier industriel de France et du monde
» entier.

» Messieurs,

» N'hésitez pas un seul instant à prendre le
» parti que je viens de vous indiquer, les
» circonstances vous sont favorables dans
» ce moment, puisque la France étant en
» paix avec toute l'Europe, l'attention du
» Roi et celle de la Nation peuvent se porter
» toutes entières sur les affaires intérieures;
» hâtez-vous d'obtenir à prix d'argent l'or-
» ganisation du régime le plus favorable à
» la production. Ne refusez aucunes des
» sommes qui vous seront demandées, pro-
» posez même plus qu'on ne vous deman-
» dera.

» Les avantages qui résulteront pour vous
» d'un établissement social, conçu dans l'in-
» térêt des producteurs et consenti volontai-
» rement par les personnes intéressées à s'y
» opposer, sont innombrables; ces avantages,
» sous le rapport pécuniaire, seront incalcu-
» lables; car la production étant débarrassée

» de toutes les entraves qui en ont jusqu'à
» ce jour arrêté l'essor, la valeur du terri-
» toire de la France sera plus que doublée
» en moins de vingt ans, et dans ce même
» temps, les améliorations qui seront faites
» dans toutes les branches de l'industrie
» française, amélioreront nos manufactures
» au point qu'aucune fabrique étrangère ne
» pourra plus entrer en concurrence avec
» les nôtres.

» L'argent ne vous manquera point pour
» exécuter cette importante opération, M.
» Laffite et ses amis vous en procureront
» autant que vous voudrez, et ils combine-
» ront pour vous un mode d'extinction de
» cette dette qui sera tel que son payement
» ne vous causera aucune gêne. M. Laffitte
» pourra alors développer tous ses talens
» pour les combinaisons financières, et ses
» travaux deviendront d'une utilité positive
» et incontestable pour les progrès de la
» civilisation.

» Le système de crédit a, jusqu'à ce jour,
» plutôt servi à prolonger l'existence de la
» noblesse en Angleterre et en France, qu'à
» procurer l'amélioration de la condition
» sociale des producteurs, le moment est
» arrivé où ce système doit être employé à

» faciliter la grande opération du rachat
» définitif et complet des communes.

» Que d'argent vous auriez économisé si,
» dès le commencement de la révolution,
» vous vous étiez mis en avant, et si vous
» aviez traité les affaires de cette manière?

» Que d'argent il vous en coûtera inutile-
» ment encore si vous ne suivez pas mon
» conseil, si vous laissez échapper l'occasion
» favorable que la paix vous procure, et si
» vous continuez à vous laisser guider en
» politique par les sabreurs et par les par-
» leurs, au lieu de prendre confiance dans
» votre capacité administrative ?

» MESSIEURS,

» C'est de l'établissement du régime ad-
» ministratif le plus favorable à la production
» qu'il faut s'occuper directement. La civili-
» sation est parvenue en France à une si
» grande hauteur, qu'il n'existe plus d'autre
» moyen d'y ramener la tranquillité que celui
» de placer les producteurs en tête de la so-
» ciété, et de n'accorder de la considération
» à ceux qui ne sont pas directement produc-
» teurs, qu'en raison des services qu'ils
» rendent aux producteurs directs.

» Le régime anglais n'est qu'un régime

» bâtard ; ce régime n'a pu s'établir en An-
» gleterre, et y acquérir quelque solidité,
» qu'à raison de circonstances particulières
» à ce pays, et dont je parlerai plus tard ;
» mais il est absolument impossible qu'il
» s'acclimate en France. Le régime anglais
» n'est, dans la réalité, que le régime féodal
» modifié, et les industriels français éprou-
» vent trop fortement le sentiment de leur
» utilité et de leur dignité, pour supporter
» sans mécontentement la conservation du
» moindre vestige de la noblesse.

» Les discussions relatives aux lois de ga-
» rantie contre l'établissement de pouvoirs
» qui ont essentiellement le caractère féodal,
» sont propres à faire briller les talens de
» MM. les avocats ; mais elles ne sont, dans
» la réalité, d'aucune utilité ; ou plutôt elles
» sont très-nuisibles, parce qu'elles contri-
» buent à fixer l'attention publique dans une
» direction politique qui est complètement
» fausse, c'est-à-dire absolument contraire à
» l'amélioration de la condition sociale des
» producteurs.

» La vérité est qu'il n'existe qu'un seul
» moyen de mettre les citoyens à l'abri de
» l'arbitraire, qu'il n'en existe qu'un seul de
» leur garantir le bon emploi des deniers

» publics, c'est que les producteurs, qui
» son ennemis nés de l'arbitraire (puisqu'ils
» ne peuvent pas l'exercer), et qui sont per-
» sonnellement intéressés à l'économie dans
» les dépenses publiques (puisque ce sont
» eux qui les payent), soyent chargés de
» diriger l'administration générale.

 » En un mot, pour qu'un ordre de chose
» pacifique, énonomique et stable s'établisse
» en France, il faut que le Roi des Français
» devienne le premier industriel de France
» et du monde entier ; mais il ne pourra pren-
» dre ce titre, et diriger l'administration pu-
» blique dans l'intérêt direct de la produc-
» tion, qu'à l'époque où MM. les industriels
» se seront montrés dignes d'entourer son
» trône par la générosité de leurs sentimens,
» par l'étendue de leurs vues et par l'énergie
» de leur caractère.

　　» Sire,

　» Voilà le langage que je tiendrais aux
» chambres de commerce de France réunies ;
» j'aurai occasion de reproduire les mêmes
» idées dans la suite de ce travail, et je ne
» crois pas, par cette raison, devoir leur
» donner pour le moment un plus grand dé-
» veloppement.

» Je vais passer à la seconde partie de
» mon rapport. Je vais examiner ce qui
» concerne la seconde classe de vos su-
» jets, etc. »

MESSIEURS,

Ce n'est qu'en exécutant les choses, qu'on
apprend, par sa propre expérience, comment elles doivent être faites. J'avais d'a-
bord projeté de traiter dans cette lettre les
trois grandes questions politiques que j'avais
énoncées dans la précédente ; mais, dès que
j'ai pris la plume, je me suis aperçu que le
tableau était trop grand pour le cadre, et j'ai
pris le parti de me réduire à dire mon opinion sur la première de ces questions. Enfin,
après avoir écrit les pages qui précèdent, je
m'aperçois que je vous en ai dit assez pour
aujourd'hui. Je dois même m'estimer fort
heureux si j'obtiens de votre complaisance
que vous preniez la peine de lire cette lettre
toute entière.

J'ai l'honneur d'être,

Messieurs,

Votre très-humble et très, etc.
HENRY SAINT-SIMON.

POST-SCRIPTUM.

MESSIEURS,

La nation se trouve dans une position politique absolument fausse, et il résulte de
cette fausse position que les circonstances actuelles sont favorables au développement
des passions et des capacités malfaisantes.

La position politique dans laquelle nous
nous trouvons est fausse sous ce rapport,
que le pouvoir de diriger les affaires de la
société se trouve entre les mains des classes
qui ont le moins de forces réelles et de capacités positives, tandis que les classes gouver-
nées sont les plus capables en même temps
que les plus fortes.

Et en effet, les producteurs, sous le rapport physique et sous le rapport moral, c'est-
à-dire les industriels et les savants positifs,
forment la classe des gouvernés, tandis que
le Gouvernement se trouve dans les mains
des nobles, des militaires qui ne sont pas
nobles, et des légistes qui y jouent aujourd'hui
le rôle prépondérant.

De cette fausse position il résulte nécessairement que les gouvernans sont obli-

gés d'employer la ruse pour conserver le pouvoir qu'ils exploitent, et que les gouvernés ne pouvant point donner d'essor à leur amour pour le bien public, se trouvent réduits à agir en égoïstes.

Cet état de choses est monstrueux, il changera nécessairement, et tous les honnêtes gens doivent réunir leurs efforts pour le changer le plus promptement possible.

Comment doit-on s'y prendre pour faire passer le pouvoir dans les mains de la classe la plus forte et la plus capable, qui est aujourd'hui celle des producteurs?

Etait la première question à résoudre, c'était le premier pas à faire dans la bonne route politique.

Ce premier pas est fait, j'ai résolu cette question, vous en serez convaincus, Messieurs les industriels, quand vous prendrez la peine de lire mes écrits avec attention.

MESSIEURS,

Ce premier pas étant fait, il vous est facile d'amener les circonstances favorables aux capacités et aux passions bienfaisantes, c'est-à-dire il vous est facile de déterminer S. M. à donner sa confiance aux producteurs. Mais

pour cela il y a une condition indispensable,
c'est que vous manifestiez vos propres opinions, c'est que les industriels les plus riches
n'adoptent point les habitudes et le genre de
luxe de la noblesse ; c'est que vous conser-
viez tous les mœurs de votre classe, c'est
que vous cessiez de jouer un rôle de confi-
dent dans le parti réputé libéral ; c'est en un
mot que vous vous placiez à la tête de ce parti,
que vous vous chargiez de le diriger, et que
vous adressiez directement au Roi, vos vues
sur les changemens à faire dans l'administration générale, pour la rendre favorable à la
production.

MESSIEURS,

Quand vous aurez établi clairement quel
est le genre d'administration des deniers publics qui serait le plus favorable à la production ; Messieurs les avocats qui sont libéraux
pourront alors employer leur éloquence pour
vous convaincre vous-même de la supériorité de votre doctrine sur toutes celles qui
avaient été produites jusqu'à ce jour. Et
MM. les militaires qui sont libéraux pourront déclarer qu'ils adoptent votre doctrine
et qu'ils sont disposés à la soutenir.

La classe militaire peut et doit avoir une opinion politique. Quand l'opinion de l'armée sera que la société doit être organisée de la manière la plus favorable pour les producteurs, et que les producteurs doivent diriger l'administration des deniers publics, jamais le Gouvernement n'entreprendra de faire agir l'armée contre son opinion. Ce n'est point avec les industriels, que le Gouvernement est en opposition ; c'est avec les hommes intrigans ou incapables, qui ont jusqu'à présent conduit les industriels dans une direction contraire à leurs intérêts et à ceux du Roi ; ce que le Gouvernement combat, ce n'est pas la doctrine la plus favorable à la production, c'est la doctrine fausse, bâtarde et pernicieuse, que Messieurs les industriels ont suivi jusqu'à ce jour sans en avoir senti les conséquences et avec la même incurie que des moutons suivent un garçon boucher qui les conduit à la boucherie. En un mot, ce que le gouvernement combat, ce qu'il a raison de combattre, c'est la doctrine : *Tire-toi de là que je m'y mette.*

Depuis le commencement de la révolution, le parti réputé libéral se compose d'un certain nombre de prêtres, de nobles, de militaires non nobles, de légistes et d'industriels. Jusqu'à présent ce sont les prêtres, les nobles, les militaires non nobles et principalement les légistes qui ont mené ce parti, et les industriels n'y ont joué qu'un rôle subalterne. Que les industriels se mettent à la tête du parti ; qu'ils arrêtent entre eux clairement le but vers lequel il est de leur intérêt de le faire tendre ; que les prêtres, que les nobles, les militaires non nobles, et que les légistes ne jouent plus qu'un rôle auxiliaire dans ce parti, et la révolution tendra alors directement à une heureuse terminaison.

Ne vous effrayez point, Messieurs, de la difficulté de concevoir l'organisation sociale dans l'intérêt des producteurs. J'ai acquis à cet égard des idées nettes. Soutenez-moi de manière à me procurer les moyens de m'adjoindre des collaborateurs, de multiplier mes écrits, et de les répandre non-seulement dans toutes les villes de France qui ont quelqu'importance industrielle, mais encore dans toute l'Europe commerçante, et je vous réponds que cette grande entreprise sera vigoureusement, sagement et promptement mise en activité.

Il en sera de la guerre des opinions comme

de

de la guerre à coups de canon. Le parti qui aura le dernier écu est celui qui remportera la victoire définitive.

Nota. *Deux personnes se battaient à l'épée; une des deux avait déjà rompu plusieurs fois la semelle, son adversaire lui dit : vous avez une singulière manière de vous battre ; cela est vrai, répondit le premier, mais pourvu que je vous tue, cela doit vous être tout à fait indifférent. — Et en effet il le tua.*

Il y a toujours beaucoup plus de moyens de succès en dehors de la méthode, qu'il ne s'en trouve dans la méthode même.

Cette lettre contient une cumulation de supposition qui est un défaut de méthode évident ; elle renferme encore bien d'autres fautes contre la méthode et contre les règles de la littérature; malgré cela, je la crois propre à me faire atteindre mon but. Je la crois propre à sortir Messieurs les industriels de l'apathie politique dans laquelle ils ont vécu jusqu'à ce jour. Je la crois propre à les stimuler à faire les efforts nécessaires pour parvenir à former dans l'État une puissance prépondérante.

3

Je donnerai, dans la première lettre que je publierai, la suite du rapport que, d'après mon opinion, M. de Richelieu aurait dû faire au Roi, quand il a accepté la présidence du Conseil des ministres.

Imprimerie de Mad. Vᵉ. PORTHMANN, rue Ste.-Anne, Nᵒ. 43.

A MM. LES DÉPUTÉS

QUI SONT INDUSTRIELS.

TROISIÈME LETTRE.

MESSIEURS,

JE vous présenterai dans cette lettre la suite du rapport que (d'après mon opinion) M. de Richelieu aurait dû faire au Roi quand il a accepté la présidence du ministère et avant de commencer ses travaux administratifs.

C'est donc M. de Richelieu qui est supposé adresser au ROI ce qui va être dit.

« SIRE,

» Je passe à la seconde partie de mon rapport. Je vais parler à VOTRE MAJESTÉ de la seconde classe de ses sujets.

» J'examinerai d'abord la composition et l'origine de cette seconde classe. Je dois appeler votre attention sur ce premier or-

1 *

» dre de considération, avant de m'occuper
» de la conduite politique, que cette classe
» a tenue pendant le cours de la révolution,
» et avant de dire à Votre Majesté mon
» opinion sur l'usage qui doit être fait du
» pouvoir royal à l'égard de cette portion de
» ses sujets.

» Sire,

» La seconde classe de vos sujets se com-
» pose,

» 1°. Des rentiers sans profession, ainsi
» que des propriétaires territoriaux, qui ne
» sont point nobles d'origine, et qui ne sont
» point occupés de travaux industriels;

» 2°. De tous les militaires qui ne sont
» point nobles;

» 3°. De tous ceux qui sont attachés à
» l'ordre judiciaire;

» 4°. Enfin, de tous les Français qui
» exercent des professions réputées honora-
» bles.

» Or, les professions qui sont réputées ho-
» norables, sont celles dont l'utilité n'est
» point directe: ce sont celles qui participent
» à l'action de gouverner, ce sont en un mot
» celles qui n'ont point pour objet spécial
» LA PRODUCTION.

» SIRE,

» En remontant à l'origine de cette classe,
» on trouve que sa formation s'est opérée
» de la manière suivante :

» La noblesse s'étant endettée par les dé-
» penses que lui avaient occasionnées les
» guerres des croisades et par le luxe auquel
» elle s'était livrée, a vendu une partie de ses
» domaines à des laïques qui ont pris , dès
» ce moment, le titre de bourgeois, et qui
» ont acquis une grande importance dans
» l'Etat, à raison des propriétés territoriales
» dont ils sont devenus possesseurs.

» Les nobles ont exercé exclusivement la
» profession militaire, jusqu'à la découverte
» de la poudre à canon ; mais depuis cette
» époque, il s'est formé une classe de mili-
» taires , qui n'étaient point d'extraction
» noble, et cette fraction de la seconde classe
» de vos sujets a été considérée dès son ori-
» gine, comme une noblesse au petit pied.

» Je passe à ce qui concerne l'ordre judi-
» ciaire. Les barons étaient primitivement
» les seuls juges des habitans de leurs do-
» maines, lesquels étaient leurs sujets: ils
» administraient la justice à leur profit, et
» les amendes qu'ils faisaient payer, for-
» maient une branche importante de leurs

» revenus. Ils ont trouvé qu'il était trop
» fatigant de juger eux-mêmes : ils ont créé
» pour se soulager, l'ordre judiciaire, dont
» les membres se trouvent aujourd'hui à la
» tête de la seconde classe de vos sujets. On
» peut dire sans aucune exagération, que
» les légistes ont pris naissance entre les
» jambes des barons.

  » SIRE,

 » D'après les faits notoires que je viens
» de rappeler à VOTRE MAJESTÉ, il est évi-
» dent que la seconde classe de vos sujets a
» été engendrée par la première, il est par
» conséquent évident qu'elle participe à la
» nature politique de la féodalité, et qu'elle
» tend à gouverner la nation à son profit ;
» car les enfans tiennent de leurs parens :
» on n'a jamais vu des carnivores donner le
» jour à des frugivores, ni des frélons pro-
» duire des abeilles.

  » SIRE,

 » La connaissance de la manière dont la
» seconde classe de la nation française est
» composée, réunie à celle de la façon dont
» sa formation s'est opérée, étaient des don-
» nées suffisantes, pour mettre en état de

» juger la conduite que cette classe tiendrait
» pendant le cours de la révolution.

» Si les ministres de LOUIS XVI avaient
» possédé une capacité politique, propor-
» tionnée à la gravité des circonstances, ils
» auraient tenu à leur Roi le langage sui-
» vant, dès l'instant que les premiers symp-
» tômes de l'insurrection se sont manifestés.

» Ils lui auraient dit :

« *Une grande révolution se prépare, elle*
» *ne tardera pas à éclater. Cette révolution*
» *se terminera nécessairement par l'établis-*
» *sement d'un nouveau régime social, par*
» *l'établissement d'un régime qui sera essen-*
» *tiellement avantageux aux gouvernés, et*
» *qui ne sera utile aux gouvernans que d'une*
» *manière secondaire.*

» *Cette révolution ne peut point être évitée,*
» *elle ne peut même pas être sensiblement re-*
» *tardée; car il résultait de la nature des cho-*
» *ses, que les avantages immenses dont les gou-*
» *vernans ont joui primitivement diminuas-*
» *sent continuellement et à mesure que les gou-*
» *vernés deviendraient plus éclairés. Il est*
» *également de cette même nature des choses*
» *que chacun des gouvernés possédant au-*
» *jourd'hui la capacité suffisante pour ad-*
» *ministrer ses propres affaires, tous les gou-*

» vernés réunis doivent vouloir que la société
» soit organisée directement dans leur intérêt,
» parce qu'ils se sentent la capacité suffisante
» pour établir et pour maintenir ce nouveau
» régime, qui est celui vers lequel ont tendu
» tous les progrès de l'esprit humain.

» Cette révolution qui est inévitable, qui ne
» peut pas même être sensiblement retardée,
» ainsi que cela vient d'être établi, s'opérera
» d'une manière pacifique, et par voie de
» conciliation, si elle est dirigée par le pou-
» voir royal; c'est-à-dire si le pouvoir royal
» se met franchement à la tête des gouver-
» nés et s'il épouse leurs intérêts.

» Cette révolution deviendra sanguinaire
» et désastreuse au Roi lui-même et à sa fa-
» mille, si le pouvoir royal entre en opposi-
» tion avec les intérêts des gouvernés.

» Enfin, cette révolution causera à la
» Nation de grands malheurs; les Français
» serviront pendant long-temps de jouets
» aux intrigans; ils se laisseront pendant
» long-temps conduire par des doctrines bâ-
» tardes, si le Roi ne dirige pas le change-
» ment qui doit s'opérer dans l'organisation
» sociale, et s'il n'exerce pas dans cette cir-
» constance un pouvoir dictatorial.

» Le pouvoir royal doit donc prendre son

» parti dans cette occasion d'une manière
» ferme et nette. Le but que le Roi doit se
» proposer est celui d'établir le régime social
» le plus avantageux possible aux gouvernés.
» Il doit donc se liguer franchement avec les
» gouvernés contre les nobles et contre les
» bourgeois; c'est-à-dire contre les gouver-
» nants et contre les sous-gouvernants ac-
» tuels.

   » La classe des gouvernés, qui est la troi-
» sième classe de la société, se compose, pour
» la très-majeure partie, des hommes les
» moins instruits et les plus pauvres; mais
» elle renferme aussi tous les chefs des tra-
» vaux industriels, c'est-à-dire tous les entre-
» preneurs de culture, tous les manufactu-
» riers, tous les négocians et tous les ban-
» quiers. Or, ces hommes qui, dans l'état
» actuel des choses, sont les véritables chefs
» du peuple, étant par cette raison ceux qui
» possèdent le plus grand pouvoir réel, ceux
» qui sont investis de la capacité la plus po-
» sitive, ceux dont l'utilité est la plus di-
» recte, c'est avec eux que le Roi doit se
» liguer.

   » Le Roi doit créer une commission, peu
» nombreuse, et qui soit composée des culti-
» vateurs, des manufacturiers, des négocians

» et des banquiers les plus importans. Il doit
» charger cette commission de lui présenter
» les meilleurs moyens à employer pour don-
» ner le plus d'activité possible à l'industrie.
» Il doit dire à cette commission : Faites-
» moi connaître comment je dois m'y pren-
» dre pour accroître le plus promptement
» possible la valeur du territoire de la France ?
» Comment on peut perfectionner nos ma-
» nufactures et donner de nouveaux débou-
» chés à nos produits ? En un mot, com-
» ment on peut donner le plus d'occupation
» possible aux ouvriers ?

» Quand vous aurez produit à ce sujet,
» des idées bien claires, quand vous m'au-
» rez présenté un tableau général des tra-
» vaux industriels que la nation peut entre-
» prendre avec ses moyens actuels, il sera
» fort aisé de constituer le nouveau régime,
» car, ce nouveau régime, ce régime qui
» doit être principalement utile aux gouver-
» nés, ne peut consister que dans l'organi-
» sation des moyens que vous aurez donnés
» pour rendre la production la plus active
» possible.

» Si le Roi n'adoptait pas le plan de po-
» litique que nous venons de lui présenter,
» s'il ne se liguait pas franchement avec les

» chefs des travaux industriels contre la clas-
» se qui a gouverné la nation pendant son
» ignorance, et plus particulièrement encore
» contre les sous-gouvernans qui se sont éta-
» blis pendant ces derniers siècles qui ont été
» l'époque des demi lumières, voici ce qui
» arriverait.

» La classe des sous-gouvernans se montre-
» rait d'abord très-populaire, elle captiverait
» la confiance des gouvernés en déclamant
» contre les priviléges dont les nobles jouissent
» encore, quoique leur existence ne soit plus
» d'aucune utilité dans l'organisation sociale,
» en un mot elle s'emparerait de la révolu-
» tion.

» Cette classe userait de la confiance qu'elle
» aurait acquise et du pouvoir que lui donne-
» rait cette confiance des gouvernés, dans ses
» bonnes intentions, pour faire exterminer la
» famille Royale et pour faire déporter la no-
» blesse, et quand elle se serait débarassée de
» tout ce qui se trouve placé au-dessus d'elle,
» ses efforts tendraient à reconstituer la ro-
» yauté à son profit, en plaçant sur le trône un
» monarque pris dans son sein : cette classe
» tendrait aussi à reconstituer une nouvelle
» noblesse, en la composant des courtisans

» et des créatures du roi de nouvelle fabri-
» que.

» Certainement une pareille organisation
» nationale ne pourrait pas durer beaucoup
» de temps, parce qu'elle se trouverait en
» opposition avec les intérêts des gouvernés
» qui ont acquis de la capacité politique, et
» qui tôt ou tard chasseraient la dynastie
» bourgeoise et les nouveaux nobles, de mê-
» me que les sous-gouvernans auraient ex-
» pulsé l'ancienne noblesse ; mais cette or-
» ganisation bâtarde aurait une existence
» assez longue pour causer bien des malheurs,
» et dans tous les cas elle ferait à la société
» le mal très-grand de lui faire eprouver deux
» crises pour opérer le changement qui peut
» s'effectuer en une seule révolution.

» Enfin ce que le Roi doit faire dans ce
» moment et sans perdre un seul instant,
» c'est de liguer le pouvoir royal avec les for-
» ces très-grandes, très-positives, et même
» très-prépondérantes, qui se trouvent à la
» disposition des chefs des travaux indus-
» triels. »

» SIRE,

» La combinaison que je viens de présen-
» ter à Votre Majesté pouvait certainement

» être faite en 1789 ; mais il faut convenir
» qu'il était, à cette époque, très-difficile de
» porter ce jugement ferme sur la conduite
» que le pouvoir royal devait tenir à l'égard
» de la seconde classe des Français, attendu
» que les seules données sur lesquelles on
» pouvait établir ce jugement étaient celles
» résultantes de la connaissance acquise de
» la composition de cette classe et de la
» manière dont elle s'était formée. Nous ne
» devons donc point être étonnés des fautes
» politiques qui ont été commises à cet
» égard par Louis XVI ainsi que par son
» ministère. »

        » SIRE,

» Les choses ont bien changé de face, sous
» ce rapport ; ce qui était fort difficile à
» concevoir en 1789, est aujourd'hui très-
» facile à juger, parce que l'expérience est
» venue au secours du raisonnement. Pour
» prouver ce que j'avance, je vais établir
» clairement et directement quelle est la
» conduite que Votre Majesté doit tenir
» à l'égard de la seconde classe de ses
» sujets.

» Je commencerai par énoncer un fait
» général qui n'a point besoin d'être prouvé,

» attendu qu'il est généralement connu. Ce
» fait est que la seconde classe de vos sujets
» est celle qui a provoqué l'insurrection,
» que c'est elle qui a constamment dirigé la
» révolution, et qu'en résultat de ses tra-
» vaux révolutionnaires, elle est parvenue à
» s'emparer de presque toute l'action poli-
» tique qui s'exerce en France, car elle con-
» duit en même temps toutes les forces gé-
» nérales qui sont politiquement agissantes,
» elle fournit des chefs à tous les partis et
» même à toutes les factions.

» Le ministère de Votre Majesté et son
» conseil d'état sont composés presqu'en
» totalité de personnes sorties de cette se-
» conde classe.

» Dans les chambres et hors des chambres,
» les meneurs des ultras sont des avocats ;
» les soi-disant libéraux les plus influens,
» sont aussi des avocats, et les directeurs des
» ventrus sont encore des avocats.

» Voyons maintenant l'usage que la se-
» conde classe a fait depuis l'origine de la
» révolution, de l'influence qu'elle a cons-
» tamment exercée sur les affaires publi-
» ques. Je diviserai cet examen en quatre
» parties auxquelles je donnerai le nom d'é-
» poques.

» Je renferme dans la première époque
» ce qui s'est passé depuis 1789 jusqu'à l'ac-
» ceptation de la constitution de 1791, et
» je dis que, pendant cette première épo-
» que, la classe des sous-gouvernans s'est
» mise en mesure d'acaparer la totalité des
» pouvoirs politiques : 1°. elle a supprimé la
» noblesse ; 2°. elle a privé la royauté de tous
» les appuis qui pouvaient la soutenir ;
» 3°. elle s'est emparée de la totalité des
» pouvoirs administratifs dans les provin-
» ces, par l'établissement d'administrations
» de districts et de départemens, qui, par
» la manière dont elles étaient constituées,
» devaient nécessairement se trouver dans
» sa dépendance.

» Je comprends dans la seconde époque
» le temps qui s'est écoulé depuis l'acceptation
» tion de la constitution de 1791 jusqu'à l'é-
» tablissement de l'empire, et je dis que,
» pendant cette époque, la classe des sous-
» gouvernans s'est emparée de tous les pou-
» voirs politiques, et qu'elle en a fait usage,
» 1°. pour massacrer la famille royale ;
» 2°. pour dépouiller, par des moyens vio-
» lens, les nobles de leurs propriétés ;
» 3°. pour ruiner les industriels en établissant
» la loi du maximum.

» Je considère la troisième époque comme
» étant celle de la durée de l'empire, et je
» dis que, pendant cette troisième époque,
» la seconde classe s'est constituée un chef
» suprême auquel elle a donné le titre d'em-
» pereur; or, ce chef a entraîné la nation dans
» des guerres d'ambition qui ont eu des sui-
» tes désastreuses ; il a recréé les titres féo-
» daux en faveur de ses courtisans ; il s'est
» emparé de la fabrication du tabac, du
» commerce du coton, du café, du sucre et
» de toutes les autres denrées coloniales ; il
» voulait s'approprier l'éducation des mé-
» rinos. Ainsi, pendant cette troisième épo-
» que, les sous-gouvernans avaient remis la
» nation sous un joug plus fâcheux, à plu-
» sieurs égards, que celui qu'elle supportait
» avant la révolution.

» La quatrième époque a commencé lors
» de la rentrée de Votre Majesté. Depuis la
» restauration, la deuxième classe se trouve
» comprimée par l'action que tous les peu-
» ples et que tous les gouvernemens euro-
» péens exercent sur elle. Cela l'a déterminé
» à user de ruse ; plusieurs des favoris de Bo-
» naparte sont devenus les protégés de V. M. ;
» les légistes les plus malins et les militaires
» les plus adroits continuent à exploiter

le

» le pouvoir royal à leur profit, et ils guet-
» tent le moment où ils pourront commen-
» cer une cinquième époque, en replaçant
» sur le trône le fils du bourgeois qui y était
» monté et qui en a été chassé. »

» SIRE,

» Je conclue de cette série d'observa-
» tions, que l'intérêt des gouvernés, ainsi
» que celui de Votre Majesté et de son au-
» guste famille, exigent que l'influence ac-
» quise par la seconde classe de ses sujets
» soit diminuée. La mesure que je propose
» est celle de placer au premier rang les
» chefs des travaux industriels, de leur de-
» mander officiellement quels sont les
» moyens d'accroître le plus possible la
» production en France, et de n'employer
» les bourgeois que d'une manière secon-
» daire à l'égard des cultivateurs, des ma-
» nufacturiers et des négocians, en se ser-
» vant de ceux qui sont militaires pour em-
» pêcher que les travaux industriels ne
» soient troublés par l'étranger, et de ceux
» qui sont légistes pour faire les lois les plus
» favorables à la production. »

2

» Sire,

» J'ai conclu la première partie de mon
» rapport, en disant que la première classe
» de vos sujets, c'est-à-dire que la noblesse
» devait être supprimée, et je conclue cette
» seconde partie, en disant que la deuxième
» classe de vos sujets ne doit plus être
» considérée que comme formant la der-
» nière.

» Mon opinion à cet égard est fondée sur
» cette conception qui est parfaitement
» claire.

» Les nations, de même que les indivi-
» dus, ne peuvent vivre que de deux ma-
» nières; savoir : *en volant ou en produi-*
» *sant.* Ainsi, il ne peut y avoir que deux
» espèces d'organisation sociale, dont le ca-
» ractère soit positif; l'une ayant pour ob-
» jet de faire des conquêtes, c'est-à-dire de
» voler nationalement; l'autre ayant pour
» but de produire le plus possible. Dans le
» premier cas, ce sont les militaires qui doi-
» vent se trouver au premier rang; et dans
» le second, ce sont les industriels qui
» doivent être placés en première ligne.

» La troisième partie de mon rapport,
» dans laquelle j'envisagerai directement ce

» qui concerne la troisième classe de vos
» sujets, éclaircira, j'espère, complètement,
» ce que j'ai dit jusqu'à présent.

   » Je demande à Votre Majesté la permis-
» sion de ne lui présenter cette troisième
» partie de mon travail que dans quelques
» jours.

Imprimerie de Mad⁰. Vᵉ. PORTHMANN, rue Ste.-Anne,

N°. 43.

www.ingramcontent.com/pod-product-compliance
Lightning Source LLC
Chambersburg PA
CBHW070843030726
47504CB00005B/1199